唐人絕句啟蒙

李霽野　著

出版說明

「博雅教育」，英文稱為General Education，又譯作「通識教育」。

甚麼是「通識教育」呢？依「維基百科」的「通識教育」條目所說：「其一是通才教育；其二是指全人格教育。通識教育作為近代開始普及的一門學科，其概念可上溯至先秦時代的六藝教育思想，在西方則可追溯到古希臘時期的博雅教育意念。」歐美國家的大學早就開設此門學科。

在兩岸三地，「通識教育」則是一門較新的學科，涉及的又是跨學科的知識。概而言之，乃是有關人文、社科，甚至理工科、新媒體、人工智能等未來科學的多方面的古今中外的舊常識、新知識的普及化介紹，等等。因而，學界歷來對其「定義」抱有各種歧見。依台灣學者江宜樺教授在「通識教育系列座談（一）會議記錄」（二零零三年二月）所指陳，暫時可歸納為以下幾種：

一、通識就是如（美國）哥倫比亞大學、哈佛大學所認定的Liberal Arts。

二、如芝加哥大學認為：通識應該全部讀經典。

三、要求學生不只接觸 Liberal Arts，也要人文社會科學學生接觸一些理工、自然科學學科；理工、自然科學學生接觸一些人文社會學，這是目前最普遍的作法。

四、認為通識教育是全人教育、終身學習。

五、傾向生活性、實用性、娛樂性課程。好比寶石鑑定、插花、茶道。

六、以講座方式進行通識課程。（從略）

近十年來，香港的大專院校開設「通識教育」學科，列為大學教育體系中必要的一環，因應於此，香港的高中教育課程已納入「通識教育」。自二零一二年開始的第一屆香港中學文憑考試，通識教育科被列入四大必修科目之一，考生入讀大學必須至少考取最低門檻的「第二級」的成績。在可預見的將來，在高中教育課程中，通識教育的份量將會越來越重。

在互聯網技術蓬勃發展的大數據時代，搜索功能的巨大擴展使得手機、網絡閱讀、搜索成為最常使用的獲取知識的手段，但網上資訊氾濫，良莠不分，所提供的內容知識未經嚴格編審，有許多望文生義、張冠李戴及不嚴謹的錯誤資料，謬種流傳，誤人子弟，造成一種偽知識的「快餐式」文化。這種情況令人擔心。面對着人工智能技術的迅猛發展所導致的對傳統優秀文化內容傳教之退化，如何能繼續將中國文化的人文精神薪火傳承？培育讀書習慣不啻是最好的一種文化訓練。

有感於此，我們認為應該及時為香港教育的這一未來發展趨勢做一套有益於中、大學生的「通識教育」叢書，針對學生或自學者知識過於狹窄、為應試而學習的不良傾向去編選一套「博雅文叢」。錢穆先生曾主張：要讀經典。他在一次演講中還指出：「此時的讀書，是各人自願的，不必硬求記得，也不為應考試，亦不是為着做學問專家或是寫博士論文，這是極輕鬆自由的，正如孔子所言：『默而識之』便得。」我們希望這套叢書能藉此向香港的莘莘學子們提倡深度閱讀，擴大文史知識，博學強聞，以春風化雨、潤物無聲的形式為求學青年培育人文知識的養份。

本編委會從上述六個有關通識教育的範疇中，以第一條作為選擇的方向，以第二條的芝加哥大學認定的「通識應該全部讀經典」作為本文叢的推廣形式，換言之，就是為初中、高中及大專院校的學生而選取的，讀者層面也兼顧自學青年及想繼續進修的社會人士，向他們推薦人文學科的經典之作，以便高中生未雨綢繆，入讀大學後可順利與通識教育科目接軌。

這套文叢將邀請在香港教學第一線的老師、相關專家及學者，組成編輯委員會，分類包括中外古今的文學、藝術等人文學科，而且邀請了一批受過學術訓練的中、大學老師為每本書撰寫「導讀」及做一些補註。雖作為學生的課餘閱讀之作，但期冀能以此薰陶、培育、提高學生的人文素養，全面發展，同時，也可作為成年人終身學習、補充新舊知識的有益讀物。

本叢書多是一代大家的經典著作，在還屬於手抄的著述年代裏，每個字都是經過作者精琢細磨之後所揀選的。為尊重作者寫作習慣和遣詞風格、尊重語言文字自身發展流變的規律，給讀者們提供一種可靠的版本，本叢書對於已經經典化的作品不進行現代漢語的規範化處理，提請讀者特別注意。

「博雅文叢」編輯委員會

二零一九年四月修訂

目錄

出版說明　「博雅文叢」編輯委員會……3
導讀　把魔術說穿就索然無味了　黃國軒……32
開場白……38
王績……43
秋夜喜遇王處士　43
盧照鄰……45
曲池荷　45
駱賓王……46
於易水送人　46
李嶠……48
中秋月（二首錄一）　48
風　49
杜審言……50
贈蘇綰書記　50
王勃……52
山中　52

楊炯 …… 54
夜送趙縱 54
韋承慶 …… 56
南行別弟 56
宋之問 …… 57
渡漢江 57
郭震 …… 59
米囊花 59　子夜春歌 60
子夜秋歌 60
賀知章 …… 62
回鄉偶書（二首錄一） 62　採蓮曲 63
張紘 …… 65
詠柳 64
張紘 …… 65
怨詩 65
張說 …… 66

蜀道後期 66
送梁六自洞庭山 67
張九齡 68
自君之出矣 68
王之渙 69
登鸛雀樓 69
涼州詞（二首錄一） 70
宴詞 71
孟浩然 73
春曉 73
宿建德江 74
過融上人蘭若 74
王昌齡 76
從軍行（七首錄三） 76
出塞（二首錄一） 78
閨怨 79
長信秋詞（五首錄一） 80
芙蓉樓送辛漸（二首錄一） 81
採蓮曲（二首錄一） 82
祖詠 83
望終南餘雪 83
別怨 84

張旭……85
山中留客 85
清溪泛舟 86
王翰……87
涼州詞（二首錄一） 87
崔國輔……89
採蓮曲 89
小長干曲 90
古意 90
王維……92
九月九日憶山東兄弟 92
鳥鳴澗 93
鹿柴 94
竹里館 95
辛夷塢 96
雜詩（三首錄一） 96
相思 97
欹湖 98
山中 98
書事 99
田園樂（七首錄一） 99
送元二使安西 100
李白……102
玉階怨 102
怨情 103

靜夜思 103
春夜洛城聞笛 104
黃鶴樓送孟浩然之廣陵 105
贈汪倫 106
蘇臺覽古 107
越中覽古 107
望天門山 108
清平調詞（三首） 109
望廬山瀑布（二首錄一） 110
獨坐敬亭山 111
山中問答 111
自遣 112
秋浦歌（十七首錄四） 113
越女詞（五首錄二） 115
浣紗石上女 115
淥水曲 116
早發白帝城 116
陪族叔刑部侍郎曄及中書賈舍人至遊洞庭（五首錄一） 118
夜下征虜亭 119

高適 …… 120

塞上聽吹笛 120
別董大 121
聽張立本女吟 121
除夜作 112

崔顥 …… 123

長干曲（四首錄三） 123

儲光義 125
江南曲（四首錄一） 125
劉長卿 126
逢雪宿芙蓉山主人 126
送靈澈上人 127
尋張逸人山居 127
杜甫 129
絕句（二首） 129
漫興（九首錄四） 131
江畔獨步尋花（七首錄二） 133
絕句（四首錄一） 134
漫成一絕 135
贈花卿 136
江南逢李龜年 136
三絕句（錄二） 137
景雲 139
畫松 139
岑參 140
西過渭州見渭水思秦川 140
逢入京使 141
磧中作 142
玉關寄長安李主簿 142
山房春事 143
春夢 144

裴迪 …… 145
華子岡 145
崔九欲往南山馬上口號與別 146
賈至 …… 147
初至巴陵與李十二白裴九同泛洞庭湖（三首錄一） 147
春思（二首錄一） 148
張謂 …… 149
早梅 149
元結 …… 150
欸乃曲（五首錄一） 150
錢起 …… 152
歸雁 152
暮春歸故山草堂 153
藍田溪雜詠（二十二首錄二） 154
張繼 …… 155
楓橋夜泊 155
閶門即事 157
皇甫冉 …… 159

送鄭二之茅山 159
問李二司直所居雲山 160
嚴武 161
軍城早秋 161
金昌緒 163
春怨 163
劉方平 164
夜月 164
春怨 165
司空曙 166
江村即事 166
留盧秦卿 167
張潮 168
採蓮曲 168
江南行 169
顧況 170
過山農家 170
歸山作 171
臨海所居（三首錄一） 171
李涉 172

井欄砂宿遇夜客 172
題鶴林寺僧舍 173
韓翃 174
寒食 174
宿石邑山中 175
郎士元 176
聽鄰家吹笙 176
耿湋 177
秋日 177
李端 178
拜新月 178
聽箏 179
閨情 179
李冶 181
明月夜留別 181
柳中庸 182
征人怨 182
戎昱 184

移家別湖上亭 184　霽雪 185

韋應物 186

滁州西澗 186　秋夜寄丘二十二員外 187

休暇日訪王侍御不遇 188

于鵠 189

江南曲 189

盧綸 190

塞下曲 190　逢病軍人 191

李益 193

江南曲 193　寫情 194

夜上受降城聞笛 194

劉商 196

畫石 196　送王永（二首錄一）197

武元衡 198

春興 198　渡淮 199

贈道者 199
權德輿 201
玉臺體（十二首錄三） 201
覽鏡見白髮 203
贈天竺靈隱二寺主 203
羊士諤 204
泛舟入後溪 204
郡中即事（三首錄一） 205
孟郊 206
古別離 206
歸信吟 207
古怨 207
李約 209
觀祈雨 209
晁采 210
子夜歌（十八首錄三） 210
陳羽 212
送靈一上人 212
梁城老人怨 213

王涯……214
秋思贈遠（二首錄一）214
秋夜曲 215
閨人贈遠（五首錄一）215
遊春曲（二首錄一）216
楊巨源……217
城東早春 217
令狐楚……218
長相思（二首錄一）218
韓愈……219
春雪 219
早春呈水部張十八員外（二首錄一）220
晚春 220
盆池（五首錄一）221
風折花枝 222
張仲素……223
春閨思 223
春遊曲（三首錄一）224
秋閨思（二首錄一）224
張籍……225

秋思 225　涼州詞（三首錄一） 226

王建……227

新嫁娘詞（三首錄一） 227　雨過山村 228

寄蜀中薛濤校書 228　十五夜望月寄杜郎中 229

春意（二首錄一） 230　江南三臺詞（四首錄一） 230

宮詞（百首錄二） 231　宮人斜 232

胡令能……233

詠繡幛 233　小兒垂釣 234

劉禹錫……235

踏歌詞（四首錄二） 235　竹枝詞（九首錄三） 237

竹枝詞（二首錄一） 238　浪淘沙（九首錄二） 239

淮陰行（五首錄一） 240　楊柳枝 241

和樂天《春詞》 241　同樂天登棲靈寺塔 242

望洞庭 243　金陵五題（五首錄二） 243

秋風引 245　秋詞二首 245

崔護……247

題都城南莊 247
白居易……249
夜雨 249
遺愛寺 250
大林寺桃花 250
楊柳枝詞（八首錄二） 251
採蓮曲 252
暮江吟 252
贈內 253
邯鄲冬至夜思家 253
問劉十九 254
夜雪 255
同李十一醉憶元九 255
東城桂（三首錄一） 256
鄰女 257
夜箏 257
浪淘沙（六首錄一） 258
薛濤……259
送友人 259
春望詞（四首錄一） 260
籌邊樓 260
李紳……262
憫農二首 262
郤望無錫芙蓉湖 263
呂溫……264

戲贈靈澈上人 264
貞元十四年旱甚見權門移芍藥花 265

柳宗元 …… 266

零陵早春 266
與浩初上人同看山寄京華親故 267
酬曹侍御過象縣見寄 267
江雪 268

元稹 …… 270

行宮 270
六年春遣懷（八首錄二） 271
離思（五首錄一） 272
夢成之 273
聞樂天授江州司馬 273
得樂天書 274
嘉陵江（二首錄一） 275

賈島 …… 276

尋隱者不遇 276
口號 277

楊敬之 …… 278

贈項斯 278

項斯 …… 279

江村夜泊 279

劉采春……280
囉嗊曲（六首錄二）280
李賀……282
馬詩（二十三首錄二）282
南園（十三首錄三）283
盧仝……286
山中 286
劉叉……287
姚秀才愛予小劍因贈 287
偶書 288
施肩吾……289
幼女詞 289
望夫詞 290
夜笛詞 290
喜友再相逢 291
張祜……292
宮詞（二首錄一）292
贈內人 293
楊花 294
朱慶餘……295

宮詞 295　閨意獻張水部 296
陳去疾……297
西上辭母墳 297
崔郊……298
贈婢 298
徐凝……300
憶揚州 300
雍裕之……301
江邊柳 301
杜牧……302
贈別（二首錄一） 302　有寄 303
盆池 303　齊安郡後池絕句 304
南陵道中 305　山行 305
秋夕 306　赤壁 307
過華清宮絕句（三首錄一） 308　泊秦淮 309

題村舍 309

楊憶 …… 311

夜宿山寺 311

唐溫如 …… 312

題龍陽縣青草湖 312

方干 …… 314

題君山 314

雍陶 …… 315

狀春 315
題君山 316

李商隱 …… 317

樂遊原 317
夜雨寄北 318
憶梅 319
天涯 320
端居 320
悼傷後赴東蜀辟至散關遇雪 321
瑤池 322
賈生 323
隋宮 324
嫦娥 324

霜月 325　為有 326
日射 327　早起 327
溫庭筠 …… 328
瑤瑟怨 328　過分水嶺 329
李群玉 …… 330
靜夜相思 330　漢陽太白樓 331
北亭 331　引水行 332
皮日休 …… 334
汴河懷古（二首錄一） 334　金錢花 335
薔薇 335
趙嘏 …… 336
江樓感舊 336　悼亡二首 337
皇甫松 …… 338
採蓮子（二首錄一） 338
陳陶 …… 339

隴西行（四首錄一） 339
劉駕 341
曉登成都迎春閣 341
曹鄴 342
官倉鼠 342
來鵠 343
雲 343
新安官舍閒坐 344
高駢 345
山亭夏日 345
曹松 346
己亥歲（二首錄一） 346
羅鄴 347
雁（二首錄一） 347
貫休 348
馬上作 348
招友人宿 349

羅隱……350
雪 350　金錢花 351
蜂 351
陸龜蒙……352
吳宮懷古 352　白蓮 353
新沙 354
韋莊……355
臺城 355　稻田 356
丙辰年鄜州遇寒食城外醉吟（五首錄一） 356
司空圖……358
河湟有感 358　即事（九首錄一） 359
聶夷中……360
田家（二首錄一） 360　公子家 361
起夜半 361
汪遵……362

西河 362

張喬 …… 363

河湟歸卒 363

黃巢 …… 365

題菊花 365

菊花 366

鄭谷 …… 367

閒題 367

韓氏 …… 368

題紅葉 368

韓偓 …… 369

想得 369

寒食夜 370

偶見 370

新上頭 371

野塘 371

詠柳 372

已涼 372

深院 373

痛憶 373

自沙縣抵龍溪縣值泉州軍過後村落皆空因有一絕 374
杜荀鶴 375
再經胡城縣 375
崔道融 376
西施灘 376
牧豎 377
溪上遇雨（二首錄一） 377
秋霽 378
王駕 379
晴景 379
社日 380
陳玉蘭 381
寄夫 381
錢珝 382
江行無題（百首錄二） 382
未展芭蕉 383
孫光憲 384
竹枝詞（二首錄一） 384
吳融 385

情 385
張泌 386
寄人 386
朱絳 387
春女怨 387
處默 388
織婦 388
太上隱者 389
答人 389
李九齡 390
山中寄友人 390
良乂 391
答盧鄴 391
杜秋娘 392
金縷衣 392

周濆 …… 394
逢鄰女 394
捧劍僕 …… 395
詩 395
無名氏 …… 396
贈婦 396
無名氏 …… 397
雜詩 397
無名氏 …… 398
雜詩 398
無名氏 …… 399
忽然 399
結束語 …… 400

導讀

把魔術說穿就索然無味了

唐詩是一生也讀不完的中國古典文學寶庫，尤其是絕句，它短小雋永，值得反復細嚼。我和很多人一樣，特別喜歡絕句，甚至曾花過數年時間，把霍松林主編的《萬首唐人絕句校註集評》看完一遍，摘錄自己愛讀的詩歌。當然，一般讀者用不着那麼吃力，只需要找一本優秀的選集，就能夠享受到箇中的滋味了。

李霽野先生的《唐人絕句啟蒙》正是這樣的一本書，適合青少年和絕句愛好者閱讀。作者有獨到的眼光，豐富的學問，加上行文親切淺白，讓人難以釋卷。全書收錄唐代一百三十多位詩人四百多首絕句，未加註釋，只以簡短的詩人和創作背景介紹，結合作者的講解，就打開了每一首詩的堂奧。

李霽野（一九零四—一九九七），著名的文學家、翻譯家、學者，一九二七年於燕京大學中文系就讀，曾任教輔仁大學、台灣大學等校。他是魯迅先生的學生，受其影響甚深。他的翻譯代表作有夏綠蒂·勃朗特的《簡·愛》、陀思妥耶夫斯基的《被侮辱與被損害的》；散文集有《回憶魯迅先生》、《魯迅先生和未名社》等，還有若干小說集、詩集，著作成果豐富，在此不一一列舉。

《唐人絕句啟蒙》（一九九零）和《唐宋詞啟蒙》（一九九三）是古典詩詞入門的姊妹作，命名為「啟蒙」已見其啟發、開蒙的意義。事實上，這兩本書是李霽野先生給三個孫兒女正輝、正虹、正霞選講的詩詞，原來純粹作為寒假期間的課外活動，讓他們輕鬆休息，陶冶性情而已；絕不是學校課程教本，毋須背誦默書、測驗評估，只要在欣賞的過程中，得到一點趣味和意義，才是作者的本意。

正因如此，假如你是青少年或學生，我建議你懷着歡愉的心情閱讀。現今娛樂的方法很多，看電影、聽流行曲、玩遊戲機，應有盡有，但是我們已漸漸遺忘了古典詩詞的魅力，一旦不用上學考試，古典詩詞似乎就離我們很遠。可是，古典詩詞具有永恆的藝術內涵和思想文化，沒有考試的壓力，理應更容易潛進字裏行間，感受作品巨大的生命力。這兩本書給我們一個啟示：古典詩詞作為文娛活動之一，絕對是可能，而且是值得的。一般的流行通俗讀物，看似新穎，實則容易過時；但經典文學，看似古舊，實則歷久常新，每讀一遍都會有新的體會，文字會不期然走進我們的心裏，留待日後發酵，絕對經得起時間考驗。

假如，你和我一樣，是文學的愛好者，是被社會磨蝕了的成年人，更應該拿起來一看。古典詩詞能給予我們智慧，也能幫助我們紓解情緒。心靈枯乾的時候，詩詞能夠滋潤我們。閱讀這本《唐人絕句啟蒙》時，我會掏空自己，化身成一個孩子，像李霽野先生的孫兒女一樣，聽爺爺娓娓道來。每一首詩的節奏輕輕敲響我的心，有些地方比較難懂，又會有一把溫柔體貼的聲音，講解詩歌的意義。整個閱讀過程，叫人十分舒服。

從表面上看，《唐人絕句啟蒙》用與少年談詩的方式撰寫，可是，這不等於它會過於稚嫩，泛泛而談。仔細一讀，你會發現作者不但深入淺出，而且展示了不同的讀詩策略，教會我們如何體會、玩味不同的作品。李霽野先生欣賞詩歌時，懷着廣闊的胸襟，能夠接納多元的詮釋空間。例如，講談王勃《山中》一詩，他就這樣寫：「聽說你們在中小學考試時，一字一詞與『標準答案』不同，雖說意思完全不錯，也要扣分，我就不敢將我的辦法傳授給你們了。但又沒有『標準答案』，這可真使人傷腦筋。」由此可見，他對於學校的考試制度和填鴨式教育不以為然，真正懂得詩歌的人應當明白詩存在着多義性，絕對的標準答案反而會成為讀詩的窒礙，所以他又說：「我一向喜歡陶淵明『好讀書不求甚解』的辦法，只求了解大意就可以了。」

再舉一例，他在岑參《山房春事》一詩的解說中提到：「美人一詞在古漢語中意義比現代廣泛，既可指色美的女人，也可以指德高的男人，這首詩中所指的是女是男並不明確，怎樣理解都可以。」李霽野先生接納不同的解法，同時又講到「美人」的文學傳統。好奇的讀者自然會追問，為甚麼「美人」可以指男人？除了詞義和文化因素外，還牽涉到中國古代詩學中的比興解釋問題。這是古典文學研究的大哉問，不能忽略。如果詳細講解，恐怕又要再寫另一本書了，因此李霽野先生只是點到輒止，留下一個疑問讓讀者追尋。

另一方面，《唐人絕句啟蒙》是一本親切的啟蒙讀物，親切在於李霽野先生十分重視生活體驗。舉一個例子，他談到賀知章的名作《回鄉偶書》時便回憶起自己的往事：「我一九二六年夏回鄉省母，離鄉不過三年多，卻問給我送茶的二弟是誰，引起哄堂大笑。」這件事跟詩中的內涵十分相似。賀知章寫詩人從小就離家，到年紀大了以後才回鄉。可是，家鄉的孩童卻不認識他。人生就是這樣複雜微妙，既令人發噱，又叫人無奈。李霽野先生才離家三年左右，卻已認不出自己的二弟，在笑聲之中，心底又何嘗不會感到荒誕？時間的巨輪在轉動，而人情默默地變化着，李霽野先生用真實經驗來印證這首詩歌的永恆和普遍性。

再者，他講李商隱的《夜雨寄北》時，同樣緊密地結合自己的生命來詮釋。他知道這首詩的詩名有兩個說法，一個是《夜雨寄北》，一個是《夜雨寄內》。所謂「寄內」，就是給予妻子王氏。現在很多人認為詩寫在妻子逝世之後，而且大多版本作「寄北」，所以理應是寄給朋友，而不是妻子。可是，李霽野先生從詩歌的情感判斷，認為寫給妻子更為恰當，此其一；而更重要的是，他講解這首詩時，再提高一層，與自己的經驗融合，他說：「抗日戰爭後期，我在四川白沙住了兩年，常常遇到巴山夜雨的情況，奶奶住在安徽常來信問我歸期，我就把這首詩抄寄給她看，因為這首詩彷彿是替我寫的。」他閱讀和賞析詩歌，與客觀的知識相比，他更重視主觀的感受。不論對象是李商隱的「朋友」、「妻子」，還是李霽野先生借以寄詩的「奶奶」，這些都可以接受，因為他所把握的是詩中的情緒。可以說，讀詩的人必須確立自己的主體性，方能心領神會，自由進出文學的內外。

詩因生活而豐富，生活又因詩而昇華。這是《唐人絕句啟蒙》給我們的啟迪。我們不妨暫時忘卻讀書和工作的壓力，將自己歸零，讀詩、聽解，體會詩人的情感，思考各種解釋的可能性。只要結合自己的生活經驗，就能使詩歌成為我們生命中的一部份。假如你還想再多學習一點，希望再深入地研析，那就需要多參考其他論著了。作為一本絕句入門讀物，這本書的厚度和份量恰到好處，詩選和解說就像魔術一樣引人入勝，正如李霽野先生在結尾時所說「把魔術說穿就索然無味了」，我們不妨好好欣賞絕句的魔術，陶醉在這段閱讀時光中。

黃國軒

黃國軒，香港中文大學中國語言及文學系碩士。火苗文學工作室創辦人。現為大專兼職講師、編輯、專欄作家。編有《字裏風景：馮珍今散文集》。

開場白

正輝、正虹、正霞[1]：

你們在小學和中學裏都讀過幾首中國古典詩，因為歡喜，都背熟了，這很好。現在我想給你們選講一些唐人絕句，作為在寒暑假期間的一種文娛活動，幫助休息一下身體和頭腦。希望不要把它作一門功課去死記硬背，增加學習的負擔。

我童年在私塾讀書的時候，塾師偶爾也教我們讀背幾首唐詩，如李白的《靜夜思》，賀知章的《回鄉偶書》，我感到很大的喜悅，私下也從《唐詩三百首》中半懂不懂地選讀些首。雖然囫圇吞棗，也多少嚐到點棗味。

上師範學校和中學的時候，白話新詩已經出現，份量不多，我幾乎把能弄到手的都讀了。這時我讀的古典詩並不多，但已經有點「不薄今人愛古人」的意味。在中學時，初步通過英文讀了點外國詩，特別是以愛情為主題的外國詩，卻「別有一番滋味在心頭」，不過這種異國滋味，倒也頗合胃口。上大學後，中國古典詩和外國詩都稍稍讀了一些，但忙於自籌學費和生活費，讀詩成為奢侈，只能淺嘗即止。

開始教書時，為備課稍稍多讀些外國詩，興趣還是很濃厚的，但並不是深入學習；讀中國古典詩也不多，更談不上比較研究。要說比較嘛，也不過像吃點西餐一樣，覺得同中餐味道有點不同罷了。說得好聽點，我讀中外詩只是素人的消遣。這種消遣也無福常常享受。

抗日戰爭爆發第二年，我到北平輔仁大學教書，住在白米斜街，課後十五分鐘可以到家，要喝兩杯茶，休息二十分鐘後吃午飯。我想忙裏偷閒，讀點中國古典詩詞最合適，便找書放在案頭，一邊喝茶，一邊翻閱幾首，覺得是一種很好的享受。可惜好景不長，我被迫逃出淪陷區。

我先到重慶北碚復旦大學任教，一位同事的《全唐詩》，已被人借得七零八落。我這時開始學習寫絕句，很想仔細讀讀唐詩，也只好嘆息一聲罷了。稍後到白沙女子師範學院教書，國立北京圖書館已遷往附近，我在那裏借到了《全唐詩》，又從別處借到《全宋詞》，這可算打開了兩個寶庫。那時也有時間，便用一向只瀏覽的習慣，看到喜愛的詩詞，隨時抄錄下來。你們的祖母已到我的故鄉[2]，隨時準備攜二子入川，我想用這些詩詞首先娛妻；其次選些較為淺顯的詩課子，使他們也得到點我童年所感到的喜悅。不意日寇有竄擾川貴的形勢，他們並沒有入川。四川產的一種竹紙極薄，但用鋼筆毛筆書寫都可以，我就是用這種紙用小楷抄寫詩詞，訂成小本，同幾位學生共同翻閱，她們也頗感興趣。這些抄本也破除過旅途的寂寞，留下愉快的回憶。可惜「文革」抄家時，這些抄本被抄去毀掉了。毀掉也罷，娛妻課子都是沒有甚麼必要的了。

離休以後，稍有閒暇，偶然翻閱中國古典詩詞，有些像老朋友一樣，一見還引起驚喜，有「他鄉遇故知」之感。想到娛妻課子雖然已成過去，但選些唐人絕句給你們講講，順便也談談家常，說說往事，或者你們也不致太厭聽吧。我沒有深入的學力，若能淺出，使你們能像我在三家村私塾一樣，囫圇吞棗，而略嚐點棗味，我也就很滿意了。

我為甚麼要給你們選講一些唐人絕句呢？因為唐人絕句是用最精彩的手法，表現了：（一）高尚的情操；（二）崇高的思想；（三）豐富的想像；（四）生活的時代氣息；（五）精美的文字；（六）獨特的民族形式。我希望選講的絕句，可以作為例證，供你們欣賞吟詠，真正喜歡的，可以隨時哼哼，自自然然地背熟。有些可能你們並不喜歡，這也很自然。因為好詩是從生活經驗中提煉的精華，你們以後生活經驗逐漸增多，就會對它們有親切的感覺了。

有系統地研究，我自己沒有下過功夫；對你們來說，如果將來不專門從事中國古典詩詞的研究，似乎也沒有必要，所以對於詩人的生平只簡單說幾句。他們不少人，經過宦海浮沉，但有些官的名堂，對當代人已無意義，不必多談。有些詩人生平事跡，鮮為或不為人知，我們更無從多談。有些詩人的軼事或關於詩的本事的材料，也未必是可靠的史實，順便當故事談談，我姑妄言之，你們始妄聽之吧！詩中詞的註釋，採取通俗易懂為主，當然這中間少不了前人研究的成果，但總歸是通過自己的思考而表述出來。倘有領會錯誤，只能說明自己的水平僅達到這個程度而已。

前面我已說過，好詩可以用六條標準來衡量，但每一首詩不可能六個條件具備。因為每個詩人都有個性，總有點不同的特色，也就是各自獨特的風格。例如同樣寫贈別友人的詩，寫法就不同。同樣寫祖國山水，內容也千變萬化。讀詩的人經驗不同，感受自然也就很不一樣，況且一個人的感受也不是一成不變的。但好詩都能潛移默化，對我們進行最好的教育。我現在將英國詩人丁尼生（A. Tennyson）的幾行詩（他所歌頌的是對於女郎的初戀）略加改變，歌頌好詩所能起的作用：

我知道天下沒有
比好詩更靈巧的教師，
不僅將人內心卑污的一切
抑制下去，
卻也教給高尚的思想，可愛的言辭，
禮貌，求名的慾望，
愛真理的心，使人成為好人的一切。

一九八九年五月十二日

註釋

1 正輝、正虹、正霞是作者的孫兒女。——編者註
2 故鄉是指作者的原籍安徽霍邱縣葉集。——編者註

王績（五八五—六四四）[1]

隋滅後，唐王朝於公元六一八年建立。王績是太原祁（今山西祁縣）或絳州龍門（今山西河津縣）人，在隋和唐都做過職位不高的官。不過他主要的生涯是在隱居中度過的。他敬仰晉代詩人陶潛，躬耕並好飲酒，詩文也很受他的影響。在唐開國後幾十年中，齊梁的華靡浮艷的詩風還盛行，王績所寫的詩樸素自然，自成一種藝術風格。

秋夜喜遇王處士

北場芸藿罷，東皋刈黍歸。
相逢秋月滿，更值夜螢飛。

這首詩可以略見他的生活和詩風的一斑。

處士是對不任官職隱居的人的客氣稱呼，不知王處士是甚麼人，從詩可知是王績的好友，因此見到他感到歡喜。北場指屋北的田地，東皋指屋東的高地，芸與耘通，芸藿是鋤豆，刈黍是割穀子，都是農活。這兩句寫詩人從事農業勞動的閒適態度，很有田園風味。在滿月光輝下有螢火蟲飛來飛去，已經很夠賞心悅目，在這樣幽美環境中又遇到友人，喜悅的心情就含蓄而又自然地表達出來了。

註釋

1 即公元五八五年至公元六四四年，省去「公元」和「年」字，以下仿此。——編者註

盧照鄰（六三七？—六八九？）

幽州范陽（今北京市大興縣一帶）人，曾經做過不大的官。因病辭官住到太白山中，迷信，妄服丹藥中毒，手腳都殘了。疾病折磨得他苦痛不堪，投水自殺了。盧照鄰是初唐四傑之一，他們的最重要貢獻是在五言律詩方面，不過也寫過較好的五言絕句。

曲池荷

浮香繞曲岸，圓影覆華池。
常恐秋風早，飄零君不知。

曲池大概是指池形説，非方非圓；曲岸，即彎彎曲曲的池岸。浮香指荷花的香味，借香指花，圓影指荷葉。從三四句看來，似借荷花以自喻。結合詩人的不幸生活看，有自嘆過早飄零之感。

駱賓王（六四零？——六八四）

駱賓王這個名字，你們是知道的了，因為你們讀過他七歲時作過的一首詩：「鵝、鵝、鵝，曲項向天歌，白毛浮綠水，紅掌撥清波。」他是義烏（在今浙江義烏縣境）人，因為諷諫武則天被下獄。後遇赦任臨海縣丞，終於棄官而去，可見很有氣節。當徐敬業舉兵反對武則天時，駱賓王為他寫了一篇《討武曌檄》，雖然武則天也稱讚他有才華，可是若被捉住，也要砍頭的。在徐失敗後，一說他自殺了，一說他隱名藏起來了，一說他被人殺了。他的一生是很不幸的。他也是初唐四傑之一。

於易水送人

此地別燕丹，壯士髮衝冠。
昔時人已沒，今日水猶寒。

易水出河北省易縣境。戰國時燕太子丹在這裏送荊軻去刺殺秦王，所以詩的頭兩句寫到這段史事。荊軻去秦，是要迫使秦王退還六國領土，失敗被殺，所以他臨別時所唱的兩句歌，「風蕭蕭兮易水寒，壯士一去兮不復還」成了預言。「衝冠」，就是「怒髮衝冠」的意思，表示當時大家激昂慷慨的情況。後二句寫荊軻雖死，今天易水仍寒，英氣還永存人間。詩是送別，但既未說明所送何人，也未寫離愁別恨，為贈別詩別創一格。不過借史詠懷，既可見詩人的風格，也可見他對友人的情誼。

李嶠（六四四—七一三）

趙州贊皇（今河北贊皇縣）人，二十歲前就中了進士，對當時的文人說，可以早做官，是一大可喜的事。他還算官運亨通，不過之後也遭到貶謫。他與初唐四傑的另外二人王勃和楊炯早期有交往。

中秋月（二首錄一）

圓魄上寒空，皆言四海同。
安知千里外，不有雨兼風？

魄指月光，圓魄就是圓月。一般認為滿月可以普照四海，其實相離不遠的地方，天氣就可以很不一樣，更不必說千里以外。詩的意思當然不僅指明這一天文常識，而是蘊含着「月兒彎彎照九州，幾家歡樂幾家愁」的意思。

風

解落三秋葉，能開二月花。
過江千尺浪，入竹萬竿斜。

風原是看不見的，這幾句形象化的描寫，卻使讀者如見其形，如聞其聲。形象化是詩的主要藝術手法，據説形象思維可以使右腦發揮潛力。照此説來，那古典詩歌不僅可以美化情操，對於發展智力也是有一定作用的了。

杜審言（六四五？—七零八？）

原籍襄陽，從祖父起遷居鞏縣。他於咸亨元年（六七零）中進士，頗以文學自負，青年時期就與李嶠、崔融、蘇味道被人稱為「文章四友」。杜審言是杜甫的祖父，所以杜甫有詩句「詩是吾家事」。至於說「吾祖詩冠古」，這個評價就未免太高了。

贈蘇綰書記

知君書記本翩翩，為許從戎赴朔邊。
紅粉樓中應計日，燕支山下莫經年。

蘇綰生平不明。書記是幕府中掌管文牘的人。翩翩是長得漂亮。為許，是「為甚麼」。從戎赴朔邊，到塞北邊疆從軍。紅粉指婦女，這裏指的是友人的妻子。燕支山在今甘肅山丹縣南，產婦女化妝用的胭脂，因又名胭脂山。三四句寫友人妻會度日如年，計算他何日歸來，不要經年不歸。末句似乎還有微妙的弦外之音。

王勃（約六五零—六七五？）

絳州龍門（今山西河津縣）人，是王績的姪孫。年紀很輕時，因《滕王閣序》一文被人賞識，得做幾任小官。後因諸王嗜鬥雞，戲為「檄雞」一文得罪皇帝，被斥逐。往父親謫地交趾省親，船沉溺死海中。但在他現存文集中有死年以後的文章，有人因此又對溺死提出疑問。

山中

長江悲已滯，萬里念將歸。
況屬高風晚，山山黃葉飛。

這首詩第一句只有五個字，就有幾種不同的解釋，可見讀古詩有時有困難。我一向喜歡陶淵明「好讀書不求甚解」的辦法，只求了解大意就可以了。不過聽說你們在中小學考試時，一字一詞與「標準答案」不同，雖說意思完全不錯，也要扣分，我就不敢將我的辦法傳授給你們了。但又沒有「標準答案」，這可真使人傷腦筋。好在現在雖然考試既嚴又多，也不一定就考到這首詩，你們也不會在猜題時想到這首詩，我們就一知半解，採取一個解釋吧。

這首詩另有一個題目《思歸》，既又題《山中》，可以想像因江行不通，滯留山中，望長江而悲嘆，所悲者是「滯」。為甚麼悲呢？「念」離鄉萬里，待歸不能如願。因悲而念，念而更悲，一二句就貫通一氣了。高風黃葉是秋肅的形象描寫，黃昏時分又增加了淒涼氣氛，歸心似箭而又不能成行的悲愁就充份表現出來了。

楊炯（六五零—六九五？）

陝西華陰人。因為有點才氣，頗為驕傲。他是初唐四傑之一，自稱「愧在盧前，恥居王後」，可見他是不大佩服王勃的。他留下《盈川集》三十卷，詩一卷，但只有一首絕句。

夜送趙縱

趙氏連城璧，由來天下傳。
送君還舊府，明月滿前川。

楊炯這首詩涉及一個有趣的故事。戰國時有秦國和趙國，趙國有塊珍貴的和氏璧，秦王聽說了，送信給趙王說，願用十五座城換取此璧。趙王派藺相如去獻了璧，但秦王無意如約割城，藺相如設計懷璧回到趙國。這就是「完璧歸趙」的故事。楊炯的朋友姓趙，所以他用了這個典故，表示對朋友的器重。第三句的「舊府」指趙縱的故鄉，也就是和氏璧的故鄉。這種歷史的聯想表示他們友誼的親切。

這位藺相如還為趙國立過不少功，因此很被尊重。同時趙國還有一位武將廉頗，很有軍功，心裏不服，多次侮辱藺相如，但藺寬宏大量，以國家為重，毫不報復。廉頗很受感動，袒胸負荊，親自向藺相如賠罪，兩個人成了很要好的朋友。「負荊請罪」這個成語就是從這個故事來的。

韋承慶（約六五一—七零六）

唐朝初期的一個詩人，只留下七首詩。他曾被流放到現今的廣東地區。

南行別弟

澹澹長江水，悠悠遠客情。
落花相與恨，到地一無聲。

「澹澹」是水流動的意思，「悠悠」表示離別的憂思又深又長。這兩句詩比喻離別的憂思像流動的長江一樣。這樣的比喻是詩中常見的。

第三四兩句卻是詩人的妙想天開了，他覺得花也對他表示同情，默默無聲地落到地下，兄弟離別的憂思就又美又活地傳達給讀者了。

宋之問（六五六？—七一二）

虢州弘農（河南陝西商洛一帶）或汾州人。因巴結武則天的寵臣張易之，在朝廷做了官，張被殺後，宋也被貶官放逐到瀧州，即現在廣州地區。

渡漢江

嶺外音書斷，經冬復歷春。
近鄉情更怯，不敢問來人。

他被貶到瀧州後，逃回洛陽。這首詩大概就是這時所寫的。漢江就是漢水，長江最長的支流。他在被放逐期間，從冬到春幾個月接不到家信，思念不安的感情是不難想像的。在向家鄉行近的時候，不明瞭家裏的情況，既想知道，又不敢問，後兩句詩把這種心理狀態表現得真實深刻，很有感動人的力量。

在抗日戰爭時期，我逃出淪陷的北平，家人還滯留在那裏，往往一兩個月無信，我很不安，總想起這首詩來。一天收到來信，我還仿這首詩寫了一首絕句：「烽火音書絕，經旬復歷月。今朝錦書來，疑是天上雪！」

郭震（六五六—七一三）

字元振，魏州貴鄉（今河北大名縣）人，十八歲中進士，為人重俠氣，不拘小節。武則天很賞識他的《寶劍篇》，之後在幾朝都任官職。

米囊花

開花空道勝於草，結實何曾濟得民。
卻笑野田禾與黍，不聞弦管過青春。

米囊花就是罌粟花，花朵極為艷麗，結籽如粟粒，可煉成鴉片。英國人過去販賣鴉片，毒害中國人民，因禁煙引起鴉片戰爭，中國人民遭受到長期的災難。這首詩我們讀起來就更覺得有意義了。

白白說米囊花開花比草好看，它結的果實哪能救濟百姓。卻笑田野裏的糧食作物，聽不到弦管樂聲，虛度了青春。末句我只以意推測：諷刺達官貴人吸鴉片，享受奢華歌舞生活，米囊花也陪同享受了。不確知唐人是否已經有吸鴉片的習慣。

子夜春歌

青樓含日光，綠池起風色。
贈子同心花，殷勤此何極。

子夜秋歌

邀歡空佇立，望美頻回顧。
何時復採菱，江中密相遇？

《子夜歌》相傳是東晉時的女子子夜所創制，是樂府吳聲歌曲。它的變調有《子夜四時歌》，多為戀歌，在民間極為流行。以後詩人多有擬作。

青樓原指富貴人家女子的閨閣，含日光是被陽光照耀。二句是起了風，池塘有微波，因景生情，以表示愛意的同心結贈送情人。

「歡」是女子對男子、「美」是男子對女子的愛稱。站着相望而不能親近，只好希望採菱時在江上密遇了。

賀知章（六五九—七四四）

越州永興（今浙江蕭山）人，於天冊萬歲元年（六九五）前去長安考進士，之後在那裏做官。性放縱，自號「四明狂客」，天寶元年（七四二）回家鄉學道。同李白、杜甫都是朋友，但他只寫了幾首好詩。

回鄉偶書（二首錄一）

少小離家老大回。鄉音無改鬢毛衰。
兒童相見不相識，笑問客從何處來？

這首詩寫得十分淺顯易懂，但是懷鄉的深情和回鄉的喜悅，表現得既自然，又深刻。我讀這首詩覺得特別親切，因為童年在私塾讀過。我一九二六年夏回鄉省母，離鄉不過三年多，卻問給我送茶的二弟是誰，引起哄堂大笑。若是我離開三十年回來，大概孫輩們也會「笑問客從何處來」吧。

提到懷鄉，我順便講個故事。晉代有一個張翰，原也在外面做官，秋風起時，突然想到家鄉的「蒓羹鱸膾」，便辭官回到故鄉去了。這件事傳為佳話，用為辭官回鄉的典故。蒓是一種水裏生長的菜，它的味道很美，鱸據説是杭州附近產的一種魚，可惜我還未品嚐過。

我還就《回鄉偶書》，想講點讀古典詩的常識。漢字古代的讀音，有些與現代不同，例如「衰」就讀作「摧」，「來」讀作「雷」。現在有人讀古詩也這樣讀。不過我們按今音讀也可以。詩中的字有的也不同，如：「離家」有的作「離鄉」；「無改」有的作「難改」或「不改」。「笑」也作「借」或「卻」，我們選一個自己認為好的就行了。

採蓮曲

稽山罷霧鬱嵯峨，鏡水無風也自波。
莫言春度芳菲盡，別有中流採芰荷。

稽山即會稽山，在紹興境。霧消後顯得高峻。鏡湖水面原來很大，所以無風也有波浪。莫要說春天過去就沒有花了，因為還有菱和荷花（蓮）可採。三四兩句表現了詩人樂觀主義的精神。

詠柳

碧玉妝成一樹高，萬條垂下綠絲縧。
不知細葉誰裁出，二月春風似剪刀。

碧玉是一個女子的名字，源出樂府吳聲歌曲古辭，以後泛稱年輕貌美的女子。詩第一句把柳樹比作她，第二句從她的「妝」把柳絲比作「絲縧（絲帶）」，柳便成為很美的形象了。下二句的想像從前二句生發，但很奇特：原來這絲帶似的細葉是二月春風剪出來的。這裏蘊含着對大自然的讚歌。

張紘（生卒年代不詳）

武則天時應試登第，曾官監察御史和左拾遺，後貶司戶。存詩三首。

怨詩

去年離別雁初歸，今夜裁縫螢已飛。
征客近來音信斷，不知何處寄寒衣。

雁是候鳥，冬天飛往溫暖地帶，春天回歸北方。螢火蟲夏天才有。二句表明離別已有一年多時間了。征客指被徵去作戰的丈夫，那時要自備武器和衣裳，現在連必備的寒衣也無從寄了，怨情是很自然的。唐代征戰頻繁，服役時長，怨婦很多，不少詩人寫詩代她們訴苦。這首詩通過一件日常的小事，表達了婦人關心丈夫艱苦安危的真摯感情，文字樸質，毫無雕飾。

張說（六六七—七三零）

洛陽人。歷任四朝官吏，曾兩次入蜀。詩文力矯前代浮靡之風，講究實用和風骨。

蜀道後期

客心爭日月，來往預期程。
秋風不相待，先至洛陽城。

第一句說詩人心裏想爭取時間早回家，第二句說預先定好了往返的日期。料不到不能如期回到洛陽，秋風卻比自己先到了。前二句的好處在用字極為精練，卻把旅客思歸的心情寫活了。三四句不直寫誤了歸期，卻委婉責怪秋風先到，詩思和藝術手法都很奇巧。

送梁六自洞庭山

巴陵一望洞庭秋，日見孤峰水上浮。
聞道神仙不可接，心隨湖水共悠悠。

梁六是潭州（今長沙）刺史梁知微，詩人的朋友。洞庭山即君山，梁路過巴陵（今岳陽）入朝，詩人從巴陵附近的洞庭湖送別，寫了這首詩。首句、二句寫從巴陵見到洞庭秋色，並見到湖水中的孤峰即君山。這個山本來是很美的。有不少詩人吟詠，這裏只稱為「孤峰」，隱約暗示作者謫居巴陵的孤寂心情。第三句寫到關於君山的神話傳說：一說這是舜的二妃湘君居住的地方，一說水下有玉女居住的金屋幾百間。這些傳說縹緲恍惚，是詩人心情進一步的含蓄寫照。末句寫詩人孤苦的心，隨着悠悠的湖水，送友人入朝，而自己仍然只能留在謫地，情景交融，耐人尋味。

張九齡（六七三—七四零）

韶州曲江（今廣東曲江縣）人。唐玄宗時曾任宰相，敢直言進諫，曾預料安祿山要造反，但玄宗不聽，留了後患。後被李林甫排擠去位，詩風清淡，對王維、孟浩然有些影響。

自君之出矣

自君之出矣，不復理殘機。
思君如滿月，夜夜減清輝。

詩的題目屬於樂府雜曲歌辭，內容都寫婦女思念外出的丈夫。這首詩的頭兩句寫丈夫外出已久，妻子無心收拾織機織布了。三四句以滿月夜夜減少光輝，漸成殘月，來比喻婦女思夫，身心憔悴，既表現了她的美容日衰，也表現了她們心靈純潔，愛情真摯。

王之渙（六八八—七四二）

并州（今山西太原市及附近地帶）人，解放後出土的墓誌銘使我們略知他的生卒年和少數事實：他做過縣尉小官，所寫的詩多為樂工譜曲歌唱，流行一時。可惜詩只存下六首。

登鸛雀樓

白日依山盡，黃河入海流。
欲窮千里目，更上一層樓。

鸛雀樓是唐代登臨勝地，原在山西蒲州（今永濟縣）西南城上，後被水淹沒。「鸛雀樓三層，前瞻中條，下瞰大河。」（沈括：《夢溪筆談》）中條是中條山，大河是黃河。詩的前兩句寫太陽從遠山後面落下去，黃河經過樓前一直流入東海，既寫了可見實景，又想像到遠景情況，將一幅美麗山河宏圖縮繪到讀者眼前了。後兩句更深一層，寫要再想擴展眼界，還必須更上一層樓才可以看到無窮美景，畫面就更為廣闊了。對大自然宏觀描寫，表現了詩人崇高的精神境界。人們常用這兩句詩鼓舞人的雄心壯志，向更高的理想攀登是很自然的。

涼州詞（二首錄一）

黃河遠上白雲間，一片孤城萬仞山。
羌笛何須怨楊柳，春風不度玉門關。

《涼州》是宮調曲，詞是這個曲的唱詞。這類詩總寫邊塞生活和風光。一片即一座。古代一仞為八尺，萬仞極言山高。羌笛是從羌族引進的樂器。楊柳即《折楊柳》，古人常用笛吹奏這支曲子表示惜別，意含哀怨。玉門關故址在今甘肅省敦煌縣西，是古代通往西域的要道。末句詩意含蓄而豐富，既憐戍邊將士的艱苦，又刺封建王朝對他們的淡漠。

這詩的首句頭兩字，有人主張應為「黃沙」，重寫實手法，指當地漫天黃沙的實況。有人主張應為「黃河」，重浪漫主義寫法，想像到千里外黃河源頭，荒涼畫面更為廣闊。

關於這首詩，還流傳有這樣一個故事：皇家樂隊歌女舉行宴會，王昌齡、高適和王之渙也同去酒家喝酒。四個美麗姑娘歌唱入樂的絕句。三人打賭，聽誰的詩被唱次數最多。唱的第一首是王昌齡的，第二首是高適的，第三首又唱的是王昌齡的詩。王之渙有點着急了，但指着最美的一位姑娘説：「聽她唱，若不是我的詩，以後就不敢同你們比詩了」。她唱的恰恰是這首《涼州詞》，三人鼓掌大笑。當她們知道這三位就是寫絕句的三位詩人時，便行禮請他們參加了宴會。

宴詞

長堤春水綠悠悠，畎入漳河一道流。
莫聽聲聲催去棹，桃溪淺處不勝舟。

這是一首在宴席上送別的詩。漫長的河堤旁綠色春水緩緩向前流動，田間的小溝（畎讀犬）匯入漳河一道向前流去。這兩句彷彿只是寫景，實際上悠悠春水隱喻離愁，小溝能匯入漳河一道前流，而自己卻只能看着友人遠去，也就含蓄地表現了離愁。懷着這種心情，詩人勸慰自己不要去聽送友人遠去的棹聲，因為離愁過重，桃溪水淺處就要使船載不動了。詩人用委婉含蓄的藝術手法，把離情寫得多麼動人啊！末句使人聯想到李清照的詞句：「只恐雙溪舴艋舟，載不動許多愁。」

孟浩然（六八九—七四零）

湖北襄陽人。官運不佳，隱居終老，但與李白、王維、王昌齡既有友誼，也互贈詩，王維並為他畫過像，所以生活並不寂寞。他的詩淡泊雋永，有很美的意境。

春曉

春眠不覺曉，處處聞啼鳥。
夜來風雨聲，花落知多少。

這首詩淺顯易懂，但像橄欖一樣，細嚼才能嚐到回味。讀很多好詩，都要像細嚼橄欖一樣，不能囫圇吞棗。從第一句我們體會到詩人的襟懷是開朗的，精神是樂觀的，所以睡得又香又甜，一覺醒來，天已破曉，聽到處處鳥啼，心裏充滿了喜悦的感情。但又記起曾經聽到風雨的聲音，便立刻關心喜愛的花，不知被風雨吹落了多少。但這只表現愛春情切，惜春意深，並無傷春的情調。詩人的感情像水面上的漣漪，文字像花香鳥語，自自然然地引讀者進入美妙的詩的境界。

宿建德江

移舟泊煙渚，日暮客愁新。
野曠天低樹，江清月近人。

建德江指新安江經過建德的一段。煙渚，水中的小洲，被煙霧所籠罩。客愁新，新的愁思。三四兩句寫在船上所看到的景色：田野廣闊，遠遠看去，樹顯得比天還高；江水澄清，照在水裏的月亮離人很近。美景佳文，引人入勝。

過融上人蘭若

山頭禪室掛僧衣，窗外無人溪鳥飛。
黃昏半在下山路，卻聽泉聲戀翠微。

上人，具備德智善行的高僧。蘭若，寺院的意思，原為梵語「阿蘭若」的省語，是寂靜而無苦惱的地方。翠微，輕淡青翠的山色。寺院無人，只看到水鳥飛翔。黃昏時下山，聽到泉聲，愈加貪戀地回顧青翠的山色。幽靜的山中美境，詩人的形象和心情都生動地顯現在讀者的眼前了。

王昌齡（六九八—七五五？）

京兆長安（今陝西西安）人。開元十五年（七二七）進士。安史亂起還鄉，被刺史閭丘曉殺害。他與王之渙、高適、岑參、王維、李白等詩人都有交情。他的邊塞詩或寫將士奮勇報國，或寫軍中生活艱苦及軍人思鄉，無不文字精練，感情深厚，這些詩和寫其他內容的七絕，可以同李白比美。

從軍行（七首錄三）

一

烽火城西百尺樓，黃昏獨坐海風秋。
更吹羌笛關山月，無那金閨萬里愁。

二

青海長雲暗雪山，孤城遙望玉門關。

黄沙百戰穿金甲，不破樓蘭終不還。

三

大漠風塵日色昏，紅旗半捲出轅門。
前軍夜戰洮河北，已報生擒吐谷渾。

《從軍行》是樂府題名，內容寫邊塞軍旅生活。王昌齡用此題寫了七首七絕。這裏選的第一首頭二句寫一兵士黃昏時獨坐在烽火臺旁的崗樓上，被青海湖吹來的風吹拂着。古時在敵人侵犯時，燃烽火報警。他一邊吹羌笛奏樂府曲《關山月》，一邊思念萬里外的妻子正在為他發愁，無法排遣。「無那」，無可奈何。「金閨」，婦女居室，指妻。這首詩先寫可見可聽的有邊塞特色的事物，也就是偏於寫景敘事，最後一句抒情，懷念故土和親人的深情又用對方的愁念表達出來，就更委婉動人了。

第二首選詩也先寫景，突出邊塞特色；三四句寫苦戰和擊敗敵人的決心。青海即青海湖，雪山即大雪山，首句説湖上的雲使人看不清雪山了。第二句詩的解釋很不同，似乎連同第一句，看為一幅廣闊畫面較好，就是在雪山以西的荒漠中有一座孤城，同玉門關遙遙相對。這既顯示出詩的雄偉氣魄，也符合當時西北邊陲的實際情況。第三四句說的百戰之後，身上的金甲都破穿了，可見戰爭很艱苦。樓蘭是漢代西域一個國名，這裏泛指敵人。這首詩氣勢雄渾，文字精練，語氣豪邁，為邊疆禦敵戰士增色，在防衛祖國的正義戰爭中是很有意義的。

第三首的頭二句寫沙漠中狂風捲起沙塵，使太陽都黯然無光了，出征的兵士只好半捲起軍旗從兩輛戰車相對豎立起來做成的門走出去作戰。三四句寫後面還有軍隊要去增援，可是前軍報告已經渡過黃河上游支流洮河，夜晚在那裏戰鬥時，活捉了吐谷渾（讀土欲昏）。吐谷渾原為古代鮮卑族游牧部族，這裏借指敵軍首領。這首詩不直接寫戰爭場面，只用最後一句點出輝煌戰果，使讀者大有想像的餘地，這是絕句藝術的特色。

出塞（二首錄一）

秦時明月漢時關，萬里長征人未還。
但使龍城飛將在，不教胡馬度陰山。

秦時為防匈奴入侵，築了長城，自然要設關。漢時匈奴時時侵犯，設關防守，也要修整長城。明月和關是從秦漢兩朝說的。第一句從前代邊患寫起，引起許多聯想，與當時的邊患聯繫起來，就知道邊患十分嚴重，邊塞的戰爭不利，是十分艱苦的了。這樣，第二句就來得很自然了。征夫戰久思家，思婦引領盼歸，意在言外，十分含蓄。久戰不能得到最後的勝利，自然引起思慕以前名將的心情，希望能得到將才大振軍威，使匈奴不敢度過陰山。有人主張「龍城飛將」應為「盧城飛將」，指漢名將李廣，他曾被匈奴稱為「飛將軍」。有人主張「龍城」不誤，指漢名將衛青，他曾攻匈奴，直到龍城。「龍城飛將」乃二事合用，泛指立邊功的名將。陰山在內蒙古自治區南部，漢代匈奴常用為根據地入侵。

閨怨

閨中少婦不知愁，春日凝妝上翠樓。
忽見陌頭楊柳色，悔教夫婿覓封侯。

一位少婦原來是無憂無慮的，春天來了，精心打扮一番，原想上樓去欣賞明媚景色，忽然看到陌頭柳色青青，心理起了微妙的變化，嚐到愁的滋味了。悔不該教丈夫外出過戎馬生活，謀求官職。詩表現了少婦天真無邪而又多情善感的性格。

長信秋詞（五首錄一）

奉帚平明金殿開，且將團扇暫徘徊。
玉顏不及寒鴉色，猶帶昭陽日影來。

漢代班婕妤失寵居長信宮，相傳她寫了一篇《怨歌行》，以團扇自喻，恐秋涼被棄。王昌齡借用這個故事，寫唐代宮廷婦女，她們也往往因色衰而被棄。詩的頭兩句寫天將破曉，開開殿門，用掃帚打掃之後，百無聊賴，揮扇徘徊。下二句仍用班婕妤的故事，昭陽是得寵的趙飛燕姐妹所住的宮殿。這裏用了一個極巧妙的比喻，說自己的容顏已經不如烏鴉，因為它還能從昭陽帶來日影，即太陽的餘暉，所比喻的自然是帝王舊時的恩寵。表達的方式委婉含蓄，新穎別致，增加了藝術的魅力。

芙蓉樓送辛漸（二首錄一）

寒雨連江夜入吳，平明送客楚山孤。
洛陽親友如相問，一片冰心在玉壺。

芙蓉樓遺址在舊潤州（今江蘇鎮江）西北，王昌齡當時被貶謫後任江寧宰，在今南京。他既然在芙蓉樓宴別辛漸（生平不詳），似乎他們是在下雨天沿江到吳國舊地潤州了。他黎明送辛漸從那裏渡江去洛陽，途中只見到孤聳的楚山。楚同吳一樣，也指潤州地帶。王昌齡遭人讒言誹謗，在政治上很不得意，但他坦然處之，保持着一顆純潔如冰的心，詩人特別請他的朋友把這一點告訴洛陽親友，同他的生活經驗有密切關係。雨夜孤山的環境氣氛，渲染出詩人的內心抑鬱和與好友離別的悲傷，臨別不只向洛陽親友泛泛問候，而以極美的比喻表白自己的潔白心靈和不畏讒言的氣概，足見他們之間友誼的深厚。

採蓮曲（二首錄一）

荷葉羅裙一色裁，芙蓉向臉兩邊開。
亂入池中看不見，聞歌始覺有人來。

採蓮少女的羅裙同荷葉一樣是綠色，荷花緊緊靠着她們的面頰盛開，她們已經同荷花混為一體，在池塘中看不見了，直到聽到她們唱歌的聲音，才知道有人從荷叢中來了。這是人同大自然、詩畫音樂融為一體的傑作。

祖詠（六九九—七四六？）

洛陽人，開元十二年（七二四）中進士。他與王維是詩友，存詩三十六首，多為寫景。

望終南餘雪

終南陰嶺秀，積雪浮雲端。
林表明霽色，城中增暮寒。

終南山在西安南邊約六十里，雪後初晴最容易看清楚。陰指山的北面，看來最為美麗，因為陽光照耀着積雪，彷彿浮在雲端一樣。而且陽光一照積雪，樹頂上便閃射出彩霞般的顏色。我們常說「雪後寒」，末句將餘雪給人的感覺也寫到了。「秀」寫得形象化，讀者閉眼就可以看到那美景。「浮」「明」「增」

用得極為生動。

唐代文人要想做官，必須經過科舉考試，試時要寫十二句六韻的五言排律。可是祖詠接到此試題後，只寫了這麼四句就交卷了。主考人問他為甚麼，他說意思已經寫完了。這個故事對為文作詩都很有啟發：意思寫完，就不要畫蛇添足了。

別怨

送別到中流，秋船待渡頭。
相看尚不遠，未可即回舟。

詩很簡單，但感情很自然真摯。

張旭（生卒年代不詳）

吳（今江蘇蘇州）人，草書名家，世稱「張顛」。杜甫在《飲中八仙歌》中把他寫得栩栩如生：「張旭三杯草聖傳，脫帽露頂王公前，揮毫落紙如雲煙。」極盡其醉時豪放，得意揮毫，變化無窮的狀態，認為他是能傳漢張芝草聖的人。留有詩六首。

山中留客

山光物態弄春暉，莫為輕陰便擬歸。
縱使晴明無雨色，入雲深處亦沾衣。

留客本來是一件日常的小事，但也需要一點生活的藝術；再寫成一首好詩，就更要有點藝術才華了。客人喜愛山景，但微陰欲雨便想歸去，詩人開頭便把春光明媚的山景概括地寫出來了，接着寫到他欲歸只是怕下雨濕衣。根據他這種心理，詩人進一步寫即使天晴，到山的幽深處欣賞美景，雲霧也會弄濕衣裳呀。除非友人毫無風趣，我們想他是會留下來同詩人共同欣賞山林美景的。

清溪泛舟

旅人倚征棹，薄暮起勞歌。
笑攬清溪月，青輝不厭多。

征棹，行動的船。薄暮，天傍晚。勞歌，勞動者所唱的歌。清溪月，澄清河水中的月影。青輝，明亮的月光。一邊坐船緩行，一邊高唱民歌，還笑着去撈水裏的月亮，真是賞心樂事！我們到海河上去試一試好不好？

王翰（生卒年代不詳）

并州晉陽（今山西太原）人。景雲元年（七一零）中進士。他性情豪放，喜遊樂飲酒。杜甫詩句「王翰願卜（一作「為」）鄰」，是說同他做鄰居是榮幸的。他的詩為時人所重，惜只存十三首。

涼州詞（二首錄一）

葡萄美酒夜光杯，欲飲琵琶馬上催。
醉臥沙場君莫笑，古來征戰幾人回。

涼州，現今甘肅武威地區。夜光杯，據說周穆王時，西胡獻精美白玉製成，夜間發光的酒杯，稱為夜光杯，這裏指精美的酒杯。葡萄原自西域傳入漢。詩的頭二句就寫出了邊疆的特殊景色，因為琵琶是外來樂器，習慣在馬上彈奏。

頭二句似為凱旋後大開宴席，奏樂催人飲酒的歡樂場面。樂極生悲，人之常情，在這種場合想到陣亡的戰友也很自然。三句寫為勝利而狂歡，末句寫念死亡戰友而傷悲，並沒有甚麼矛盾。

我一九二二年在安慶，在商品陳列所做點義務工作，天天聽一個老古董商人一面飲酒，一面朗誦這首詩。我想他最欣賞的恐怕是第一句，我那時大概因為厭惡內戰，倒最欣賞末句。

崔國輔（生卒年代不詳）

山陰（今浙江紹興）人，一說吳（今蘇州）人。開元十四年（七二六）中進士。他的詩清新有民歌風味。

採蓮曲

玉漵花爭發，金塘水亂流。
相逢畏相失，並着採蓮舟。

漵，池塘岸邊，用「玉」字形容，可見整潔；花爭發，岸上百花怒放。以「金」形容塘是同「玉」相對，是說陽光照耀，閃爍如金；水亂流，是採蓮青年男女的船在水上行駛的結果。這兩句將環境寫得美極了。三四兩句寫活了青年男女相依相愛的情況，他們的純潔心靈，活潑情態，躍然紙上。

小長干曲

月暗送潮風，相尋路不通。
菱歌唱不徹，知在此塘中。

上首「採蓮曲」和「小長干曲」，都是舊樂府歌曲名。小長干遺址在南京的南邊長江岸上。月暗，月光朦朦朧朧；湖上微風吹拂。相尋是一個青年去尋找心愛的情人，但是路走不通。不過採菱的歌聲不停，他聞聲就知道情人在池塘中採菱。在這類抒情小詩中，主要內容是寫青年勞動者間自然健康的愛情。這類詩可以培養人們有純潔高尚的情操和正確的人生態度。

古意

淨掃黃金階，飛霜皎如雪。
下簾彈箜篌，不忍見秋月。

這首詩的作者說法不同，不必考證，這類情形常有。把台階上潔白如雪的霜掃盡之後，回到屋裏放下簾子，避免見到月光，加重相思的苦惱，卻彈起了一種類似豎琴的樂器解悶。古人寫這類詩常標題為「古意」，現在看來似乎有些迂腐了。

王維（七零一—七六一）

原籍祁（今屬山西），其父遷居蒲州（今山西永濟）。開元九年（七二一）中進士。官至尚書右丞，故又被稱為王右丞。晚年半隱居藍田輞川。前期雖然也寫過邊塞詩，但主要作品為山水詩，有不少佳作。他兼通音樂書畫。

九月九日憶山東兄弟

獨在異鄉為異客，每逢佳節倍思親。
遙知兄弟登高處，遍插茱萸少一人。

九月九日是重陽佳節，是日登高避難是古老風俗，以後就是玩賞的佳節了。王維的家在父代遷移到蒲（今山西永濟），在華山以東，因此稱山東，他當時離家在長安，所以成為異鄉的獨客。他寫這首詩時才十七歲，想家思念兄弟是人之常情，遇到佳節自然也就加重了。「每逢佳節倍思親」成為家喻户曉的名句，就不是偶然的了。

茱萸是一種香味很濃烈的植物，登高時插在頭上，據説可以袪惡避禍。從自己的孤獨思家的感情，寫到遠處兄弟發現少一人而懷念他，就把兩處兄弟的深厚情意融成一片，成為樸實而真誠的好詩了。不用空泛的詞句，而用和佳節相適應的一件具體事情表達真情實感，是高明的詩的藝術。

鳥鳴澗

人閒桂花落，夜靜春山空。
月出驚山鳥，時鳴春澗中。

這是《皇甫岳雲溪雜題五首》的第一首。皇甫岳是王維的好友。頭二句極寫山中寂靜，沒有外面事物干擾，內心寧靜，所以連桂花落下也可以察覺。寂靜的夜晚，不易看清周圍的東西，所以山顯得空，更顯得靜。月亮突然出來，靜中容易被月光所驚，山鳥從山澗中時時鳴叫一聲，讀者更容易體會春澗幽靜的意境了。「鳥鳴山更幽」，用在這裏就更為適當了。

鹿柴

空山不見人，但聞人語響。
返景入深林，復照青苔上。

柴（即砦、寨）音寨，意為柵欄。詩中未寫鹿，大概已無鹿，只是一個風景點了。第一句寫不見人影的空山，當然十分幽靜，應該是萬籟無聲，才算空靜了。第二句卻寫到人語聲，似乎有些矛盾，其實這正是詩寫得微妙的地方。第三句的「深林」給「不見人」作了委婉的解釋，因為他們被林遮蔽住了。人語聲一襯，不僅破壞不了幽靜，卻加深了幽靜的氣氛。這使我想到王籍的詩句：「鳥鳴山更幽。」

深林總是不見陽光，十分幽暗的，這同首句所寫的氣氛十分和諧。地面長滿青苔，也給人一種淒涼之感。但是落日餘暉照到青苔上，色彩就會起魔術般的變化，使人感覺明快。詩人引我們進入微妙變化的詩境，享受生活妙趣。

竹里館

獨坐幽篁裏，彈琴復長嘯。
深林人不知，明月來相照。

這是取詩人生活的片段成詩的。王維是詩人、畫家、音樂家，他的這首詩把我們引入詩畫音樂融為一體的境界。蘇軾説王維的詩中有畫，畫中有詩，是很適當的評語。我們可以補充一句：他的詩平淡自然，韻味近似天籟。

篁是竹，下面的林也指竹，這是又幽靜，又密植的竹林，不是零散幾棵。詩人獨坐在竹林中，天空有明月照耀，一時彈琴，一時長嘯（即吹口哨），自然吹的是心愛的歌曲。這不是充滿畫意，又富有音樂美的情景嗎？這詩也是詩人的純淨心靈和崇高人格的化身！

這首詩使我聯想到李白的《月下獨酌》：「舉杯邀明月，對影成三人。……我歌月徘徊，我舞影零亂。」一靜一動，描畫出兩個不同的詩人形象。常聽人説，好詩中要有人在，大概就是這個意思吧。

辛夷塢

木末芙蓉花，山中發紅蕚。
澗戶寂無人，紛紛開且落。

辛夷又名木筆樹，花近似芙蓉，所以又稱芙蓉花。木末，樹杪。辛夷既然近似荷花，自然也是觀賞的芳葩，但無人觀賞，自開自落，言外有寂寞之感。詩人雖然過着隱居的生活，似乎也並未完全忘卻人世。

雜詩（三首錄一）

君自故鄉來，應知故鄉事。
來日綺窗前，寒梅著花未？

王維寫過三首一組的雜詩，這是第二首。從這組詩整體看來，似乎有位住在孟津河岸的婦女託去江南的人帶口信問候在外的丈夫（第一首），第二首是丈夫問他家裏的情況，第三首是回答他的。

綺窗是雕花的窗子，只問到綺窗前的梅花是詩人的簡練寫法，蘊含着許多詩意：問者的生活經驗和窗內人的情況都意在言外。這從第三首的答話可以想像到。若問到許多煩瑣事物，詩就索然無味了。

相思

紅豆生南國，春來發幾枝？
願君多採擷，此物最相思。

傳說古代有一女子，丈夫在邊地死亡，她哭死樹下，化為紅豆，因此紅豆又被稱為相思子。這是一首寄贈南方朋友的詩，首先問到南方生長的紅豆春來（有的作「秋來」）發了幾枝。三四句希望朋友多多採擷紅豆，因為它最能體現相思的情誼，這就委婉含蓄地表達了彼此珍惜友誼的意思。

欹湖

吹簫凌極浦，日暮送夫君。
湖上一回首，青山捲白雲。

這可能是一首描寫妻子送丈夫的詩。欹同猗（讀醫），湖名。凌，渡過；浦，水渠；渡過水渠，進入大河。吹簫相送，意似瀟灑，末句卻寫出了寂寞。

山中

荊溪白石出，天寒紅葉稀。
山路元無雨，空翠濕人衣。

荊溪源出陝西藍田縣西南秦嶺山中，到西安東北入灞水。天寒水淺，白石在水面可見，紅葉雖然稀少了，人卻並不感到蕭索。清水、白石、紅葉——幾筆就描繪出一幅初冬的美麗畫面。再順着山路前進，雖然天並沒有下雨，可是空氣是濕潤的，周身被青翠的山色包圍，自然會有衣服濕了，身體也會有微涼的感覺。這是一種內心的快感，同眼觀的美景是和諧一致的。

書事

輕陰閣小雨，深院晝慵開。
坐看蒼苔色，欲上人衣來。

小雨停了，變為輕陰天氣，雖在白天，也懶得把深院的門打開，表示詩人很喜歡深居簡出的幽靜生活。雨後蒼苔綠得富有生機，彷佛有了躍躍欲動的情態，要撲到人的衣裳上來。這種奇妙的想法和寫法，使這首小詩別有一種意境，使人有被大自然擁抱之感。

田園樂（七首錄一）

桃紅復含宿雨，柳綠更帶朝煙。
花落家童未掃，鶯啼山客猶眠。

《田園樂》共有七首六言絕句，這是很少見的絕句體裁，這裏選的是第六首，對仗工整，最有田園詩的特色。桃紅已經夠美，上面還有昨夜的如珠水滴。柳綠已夠明媚，還有如紗的晨煙籠罩着。鶯啼既未驚醒睡客，家童尚來不及掃去落花。王維能在美景中享受酣睡的清福，才用自己親身感受寫出這樣的好詩來。我的年歲比他大多了，卻天天被你們嘰嘰喳喳的背書聲吵得遲睡早醒，寫不出一首好詩，就不能怪我毫無才華了。

送元二使安西

渭城朝雨浥輕塵，客舍青青柳色新。
勸君更盡一杯酒，西出陽關無故人。

安西在今新疆庫車縣境內，是很僻遠的地方。渭城在陝西省咸陽市東北，在渭水北岸，是詩人送別處。浥是濕的意思，地上薄塵被雨淋濕了。雨後新綠柳色照映着驛站的房屋，景色十分清新；但後兩句使我們感覺到，似乎這裏籠罩着惜別的輕愁。陽關是古代通往西域的要道，在玉門關之南，安西還在陽關之外，友人前往，自然會時時感到孤獨寂寞。「勸君更盡一杯酒」，不僅使前二句所隱含的離恨加深，卻也希望友人在孤居獨處時回憶起杯酒所含的深情，心頭感到溫暖。

這首詩也被人稱作《渭城曲》，因為它後來被配上音樂作為送行的歌曲。又因為末句反復唱三次，被稱為「陽關三疊」。詩的第三句中「更盡」，或作「更進」，這是詩中常有的情形。

李白（七零一—七六二）

字太白，號青蓮居士。祖籍隴西成紀（今甘肅泰安東），隋末先人流寓碎葉，李白即在此地出世。五歲時隨父還居綿州的彰明縣（今四川江油縣）青蓮鄉。二十五歲離蜀，漫遊許多地方。天寶初供奉翰林，一年多即被讒，「賜金還鄉」。安史亂中，受李璘之累，流放夜郎，中途被赦東歸。晚年漂泊困苦，在當塗逝世。詩風豪放，富有浪漫主義色彩。

玉階怨

玉階生白露，夜久侵羅襪。
卻下水晶簾，玲瓏望秋月。

《玉階怨》屬《相和歌．楚調曲》，寫「宮怨」的樂曲。詩的頭二句寫女子佇立在有露水的台階上，已入深夜，羅襪都被浸濕了。她的幽獨寂寞，怨恨情緒之深，不言而喻。三四句寫她忍受不了這種孤寂苦悶，進入房中，又解除不了這種苦惱，夜久不寐，還下簾望月，希望得到月的同情，聊以自慰了。

怨情

美人捲珠簾，深坐顰蛾眉。
但見淚痕濕，不知心恨誰。

這首詩是閨怨性質。在封建社會中，女子容易受到委屈，特別是被遺棄。皺着眉毛流淚，恐怕是很普遍的抗爭形式。詩人深表同情而無可奈何。

靜夜思

床前明月光，疑是地上霜。
舉頭望明月，低頭思故鄉。

這首詩容易懂，但別小看它，它有李白詩的一大特色：「清水出芙蓉，天然去雕飾。」芙蓉就是荷花，去雕飾就是不加人工造作，顯出天然的美。這首詩就是這樣。

杜甫有一句詩：「月是故鄉明。」詩人總是很敏感的，月亮可以引起各種情緒，思念故鄉是其中一種。詩說「床前」，可以想像是在曚曨要入睡或初醒的狀況中，因此「疑」月光是地上霜。舉頭一見明月，在低頭的一瞬間就激發了鄉思，平時的思鄉感情之深就意在言外了。這種藝術手法平常稱為「白描」，只有爐火純青的大手筆才會運用自如。

春夜洛城聞笛

誰家玉笛暗飛聲，散入春風滿洛城。
此夜曲中聞《折柳》，何人不起故國情？

洛城指洛陽。春風吹着不知甚麼人吹奏的玉笛聲音飛遍全城，這表示已經夜闌人靜。《折楊柳》是樂府古曲，抒寫離愁別恨，一聽此曲，怎能不引起鄉思？這首詩表現了崇高的熱愛故鄉的感情，也表現了音樂激發崇高感情的魅力。

黃鶴樓送孟浩然之廣陵

故人西辭黃鶴樓，煙花三月下揚州。
孤帆遠影碧空盡，唯見長江天際流。

黃鶴樓舊址在武昌長江岸上，有仙人乘鶴從此仙逝而去的傳説，又有詩人崔顥作詩吟詠，所以是個有名的勝地。舊樓早已沒有了，現已重建了新樓。孟浩然是李白的好友，李白在贈詩中説他：「紅顏棄軒冕，白首臥松雲」，就是不愛做官，而愛山林生活。之廣陵就是去揚州。煙花三月就是風景艶麗的暮春。頭兩句將友人在甚麼時候從勝地到名城的情景簡練地寫清楚了。三四兩句繪出一幅美麗的畫圖：一葉扁舟載着友人越走越遠，漸漸在遠遠的碧空裏不見了，詩人還在送別處悵望，見到的只是滾滾東流的長江。惜別的深情也就憑着這個圖景表現出來了。這首深含友情、充滿詩情畫意的詩，使兩位瀟灑詩人的形象栩栩如生地呈現在我們的眼前。

有點小小的經驗使我對這首詩感到特別親切。前幾年我遊長沙，在橘子洲頭看到一葉扁舟在湘江裏緩駛，一直看着它在碧空消失，我便低吟李白這首詩，看着準備送別的朋友。

贈汪倫

李白乘舟將欲行，忽聞岸上踏歌聲。
桃花潭水深千尺，不及汪倫送我情。

踏歌是手牽着手踏地而唱歌。桃花潭在安徽涇縣西南百里，深不可測，李白曾遊此地，受到汪倫深情款待。他來送行，使李白驚喜，信手拈來桃花潭，寫汪倫的友誼比潭水還深。這個桃花潭選得自然而奇妙，「將」和「忽」兩個字也十分傳神。直用兩人名字，更顯得十分親切。

蘇臺覽古

舊苑荒臺楊柳新，菱歌清唱不勝春。
只今唯有西江月，曾照吳王宮裏人。

蘇臺即姑蘇臺，原為吳王夫差遊樂處，故址在今蘇州。舊苑荒臺是原來的樓臺亭閣都荒廢倒塌了；但楊柳依然年年發新葉，也還有清唱菱歌的採菱少女，新舊成為鮮明的對比。月亮是照舊存在的，但它曾經照過的吳王和宮女卻早已不存在了。

越中覽古

越王勾踐破吳歸，戰士還家盡錦衣。
宮女如花滿宮殿，只今唯有鷓鴣飛。

在春秋時代，吳越爭霸成仇，吳王夫差二年（公元前四九四年），他打敗越王勾踐，勾踐臥薪嘗膽備戰，於晉出公二年（公元前四七三年）滅吳。這首詩寫的就是這件史實。前三句都寫越王勝後的氣派，末句寫過去的繁華已經消雲散，目前在廢墟上只能看到鷓鴣飛了。

以上兩首詩都寫人世盛衰引起的感慨，不過側重點不相同罷了。

望天門山

天門中斷楚江開，碧水東流至此回。
兩岸青山相對出，孤帆一片日邊來。

天門山是安徽當塗縣的東梁山與和縣的西梁山的合稱，楚江是長江經過楚地的一段，從兩山對峙而形成的天門流過，詩說天門是楚江沖開的，就突出了江水的雄偉壯觀。第二句寫兩山對江水的抗擊，使江水轉向北流，氣勢就更為雄渾了（「至此回」又作「直北回」或「至北回」）。第三句寫兩山的靜態，就把孤舟順流急駛，直向天門奔來的形態寫得更活了。在這種驚心動魄的情況下，詩人的心情恐同「輕舟已過萬重山」時一樣暢快。

清平調詞（三首）

一

雲想衣裳花想容，春風拂檻露華濃。
若非群玉山頭見，會向瑤臺月下逢。

二

一枝紅艷露凝香，雲雨巫山枉斷腸。
借問漢宮誰得似？可憐飛燕倚新妝。

三

名花傾國兩相歡，長得君王帶笑看。
解釋春風無限恨，沉香亭北倚欄杆。

唐玄宗和楊貴妃在興慶池東觀賞沉香亭前牡丹，詔命李白寫了上面三首新樂詞。第一首一句寫楊妃衣裳似雲，容貌如花，二句寫春風吹拂，露水濕潤，更顯得美麗。三四句的群玉山和瑤臺都是天堂西王母的居住處，這就是把楊妃比作仙女了。二首一句以色艷香濃的牡丹比喻楊妃，二句雲雨巫山用楚襄王與神女在巫山相會的神話，意謂襄王白白斷腸，不如面對如花美人。三四句用漢成帝和趙飛燕的故事，以飛燕比楊妃，但前者還靠新妝，後者全憑本色。三首一句名花指牡丹，傾國指美人楊妃，兩美並列，相得益彰，二句寫君王笑賞二美，三句寫君王（春風代指）萬恨俱消，末句點出賞花的地方。

望廬山瀑布（二首錄一）

日照香爐生紫煙，遙看瀑布掛前川。
飛流直下三千尺，疑是銀河落九天。

香爐峰在廬山西北，形如博山香爐，故名。生紫煙是山峰上的煙雲被日光一曬，彷佛是紫色的雲霞。頭一句就把香爐峰描繪得十分美麗。接着寫遙望，而不是近觀，這就為四句的「疑」字提出了根據，使得「銀河落九天」的浪漫主義奇想顯得神秘而又自然了。山峰瀑布的美景活現在我們的眼前，飛流的樂音彷佛也傳到我們的耳裏了。

獨坐敬亭山

眾鳥高飛盡，孤雲獨去閒。
相看兩不厭，只有敬亭山。

《望廬山瀑布》寫動的物態，《獨坐敬亭山》卻從靜處着筆。鳥都向高處飛去，連一片孤雲也飛去了，山裏多麼幽靜！若結合李白的遭遇來讀這兩句詩，我們不難體會到詩人的孤寂心情。十年前被迫離開長安後，李白長期過着漂泊的生活，多次遊宣州（今安徽宣城）。敬亭山在宣城北部，風景秀麗，李白常遊。一個孤寂的人到了這麼幽靜的山區，自然容易陷入玄思冥想，浮想聯翩，山幻化為有生命的山靈，變為心靈相通，相看兩不厭的知己了。這是崇高的詩的境界，超俗而沒有厭世嫉俗的氣氛。

山中問答

問余何事棲碧山，笑而不答心自閒。
桃花流水窅然去，別有天地非人間。

碧山一名白兆山，在湖北安陸縣境內，李白在那裏隱居。窅然即杳然，意思是又深又遠。別人不解詩人何以住在碧山，詩人笑而不答，但心裏悠然自得，不過答話也就隱含在詩的三四句中了。桃花流水自然引起讀者聯想到陶淵明的《桃花源記》，並進一步聯想到他不為五斗米折腰的故事。李白仕途失意，但覺得悲憤，只是因為不能施展自己為國為民的抱負，並不是貪圖祿位。他覺得這裏別有天地，心閒意適，因為他的性格像他自己的詩所說：「安能摧眉折腰事權貴，使我不得開心顏！」

自遣

對酒不覺暝，落花盈我衣。
醉起步溪月，鳥還人亦稀。

暝，天黑了。溪月，溪邊月下。詩寫生活片段，略可見詩人性格。

秋浦歌（十七首錄四）

一

秋浦多白猿，超騰若飛雪。
牽引條上兒，飲弄水中月。

二

淥水淨素月，月明白鷺飛。
郎聽採菱女，一道夜歌歸。

三

爐火照天地，紅星亂紫煙。
赧郎明月夜，歌曲動寒川。

四

白髮三千丈，緣愁似個長。
不知明鏡裏，何處得秋霜！

秋浦在今安徽貴池縣西，產銀和銅，約天寶十二年（七五三），李白漫遊到這裏，寫了十七首《秋浦歌》，寫景物、勞動人民和內心悲憤等。

第一首所寫的白猿，我們現在是無福看到的了，要謝謝李白為我們留下一張寫生畫。白鷺在北京動物園還常見。第三首寫的是冶煉工人（赧郎）的勞動場面，是有聲有色的美麗畫圖。爐火紅光照亮天地，火星迸射，和爐上煙霧混為一團，這一片紅紫的景色十分令人神往。又是月光如水的良夜，冶煉工人高聲歌唱，震動山河，讀者為勞動者歡唱的心情感染，覺得這首詩是火光月色中閃閃發亮的明珠。第四首第一句恐怕要引你們驚喜大叫：李白現在還在活着吧，不然頭髮怎麼能那樣長?!這種寫法確是奇特的誇張，在別人的詩中很少見到。可以與之相比的還有他寫的另一句詩：「燕山雪花大如席」。（《北風行》）看第二句，原來因為「愁」，才長得這麼長，可見這個「愁」不是一般，而是重如泰山的。第三、四句從長引申到色，白如「秋霜」，愁也就加了份量。愁甚麼呢？政治上一生潦倒，為民報國的雄心壯志是無法實現的了。

越女詞（五首錄二）

一

耶溪採蓮女，見客棹歌回。
笑入荷花去，佯羞不出來。

二

鏡湖水如月，耶溪女如雪。
新妝蕩新波，光景兩奇絕。

耶溪即若耶溪，與鏡湖都在紹興境內。棹歌是搖船時唱的歌。兩詩清麗，寫水上採蓮、採菱的少女。

浣紗石上女

玉面耶溪女，青蛾紅粉妝。
一雙金齒屐，兩足白如霜。

這首詩像是一張水彩畫。正虹、正霞，你們都喜歡畫古裝婦女像，照這首詩畫一張水彩畫我們看看，好嗎？

淥水曲

淥水明秋月，南湖採白蘋。
荷花嬌欲語，愁殺盪舟人。

「淥水曲」是樂府琴曲歌辭的題名。白蘋是水生植物，開白色小花。三四句寫荷花顏色嬌艷，彷彿是要說話的美人，盪舟人同她一比，很發愁比不上她。這也可以畫一張水彩畫，不過不能畫成愁眉苦臉，只畫出「美人……顰蛾眉」的神氣就可以了。

早發白帝城

朝辭白帝彩雲間，千里江陵一日還。
兩岸猿聲啼不住，輕舟已過萬重山。

你們自己讀過了《李白傳》，該還記得安祿山造反，唐玄宗逃走了；永王璘被疑為叛亂，牽連到李白，要流放他到夜郎，但他到達白帝城時，卻又被赦，使他又驚又喜，趕緊從那裏經三峽出川。

白帝城在四川奉節縣白帝山上，說它在彩雲間，既寫出它的美麗，也為詩的歡快情調增色。江陵是今湖北省江陵縣，據《水經注》說，離白帝城有一千二百里，「有時朝發白帝，暮宿江陵」。第二句和第四句互相呼應，「王命急宣」（急於傳達國王的命令），詩的情調就更顯得歡快了。兩岸猿聲和首句彩雲使全詩有聲有色，讀者如見其色，如聞其聲，詩人的歡快心情，也就不難心領神會了。

以前不少學者認為，四類猿中只有在雲南和海島林區有，李白聽到的不是猿，而是猴鳴。去年在四川發現一塊長臂猿左側下頜骨化石，證明四千年前，在長江三峽一帶確實有過長臂猿的活動，李白所聽到的是猿鳴。不過猿鳴也罷，猴鳴也罷，因為三峽久無林木，我們是無福聽到了。李白的詩句彷彿為我們保留了一曲佚亡的古樂，這一點也就是很值得感謝的了。

陪族叔刑部侍郎曄及中書賈舍人至遊洞庭（五首錄一）

南湖秋水夜無煙，耐可乘流直上天。
且就洞庭賒月色，將船買酒白雲邊。

刑部侍郎和中書舍人都是官職，唐時有用官銜稱人的習慣，現代也未全改。李曄貶官到嶺南，路過岳州（今岳陽），同李白相遇，賈至這時也謫居岳州，三人因此同遊洞庭湖。洞庭又稱南湖，因在岳州西南。首句寫水上無煙，實際就是月光普照，這樣可以同三句月色不重複。月色湖光引起詩人的異想：怎樣能夠順流直到天上去呢？這自然是無法實現的。退一步設想也是很奇特的，洞庭有湘妃的傳說，從天上轉想到她們似乎也很自然，那就向她們「賒」月色吧。這個字同下句「買」字對照，很有幽默感，從白雲邊，也就是水連天處買酒，天上人間也就近在咫尺了。這就是詩引我們進入的境界。

夜下征虜亭

船下廣陵去，月明征虜亭。
山花如繡頰，江火似流螢。

征虜亭是在東晉時建，在金陵一座臨江的山上。上元二年（七六一），李白從這裏上船，到廣陵（今揚州）去遊玩，像詩的首句所說。月光照耀着征虜亭，可以看到有花飾的少女面頰一般的山，又可以看到江上漁火好像流螢。

高適（七零四？—七六五）

滄州渤海蓨（今河北景縣）人。他為哥舒翰掌書記，了解邊塞生活，所寫邊塞詩與岑參齊名。

塞上聽吹笛

雪淨胡天牧馬還，月明羌笛戍樓間。
借問梅花何處落，風吹一夜滿關山。

詩的頭兩句就寫出了邊塞生活的特色：雪後胡天明淨，牧馬歸還，月夜戍樓（防禦工事）吹起羌笛。羌笛所吹的是《梅花落》，詩人巧妙地活用了這個曲名，設問梅花落到何處，末句寫梅花被一夜風吹，落遍關山。梅花是邊塞所無的江南花卉，這裏似乎含蓄地表達了征人的鄉思。

別董大

千里黃雲白日曛，北風吹雁雪紛紛。
莫愁前路無知己，天下誰人不識君？

董大名董庭蘭，善彈琴知名。詩的頭二句寫的是邊塞風光：黃雲千里，把太陽遮蔽得昏昏暗暗，北風吹着雁群在紛紛飄落的大雪中飛翔。這種情景在離別時本來容易引起淒涼悲戚之感，詩人在寫本詩時，嘆息「今日相逢無酒錢」。彼此的生活都很潦倒，但他不發悲嘆，而以到處可逢知己勸慰鼓舞友人，使此詩在贈別詩中別具一種風格。

聽張立本女吟

危冠廣袖楚宮妝，獨步閒庭逐夜涼。
自把玉釵敲砌竹，清歌一曲月如霜。

張立本事跡不詳，一說他是唐代一個管草場的官員。危冠是高帽，廣袖是寬大的袖，楚宮妝是腰部窄狹的南方女妝。這句寫少女的服裝雅素。二句寫她在庭院獨自散步乘涼，閒適孤寂。三四句寫她對月吟詩，還用玉釵敲打台階前的竹子作吟詩的拍節。全詩有聲有色，使我們見到一位富有詩情畫意的少女形象。

除夜作

旅館寒燈獨不眠，客心何事轉淒然？
故鄉今夜思千里，霜鬢明朝又一年。

除夜就是除夕，一年最後一晚，一般是家人團聚的時節。詩人在客店裏獨守寒燈，夜深不眠，有甚麼心事這樣淒然呢？原來因為這時故鄉親人要思念千里以外的自己，而自己明天又要增加一歲了。從自己想家而想到家人也在思念自己，將兩地的情懷都寫得自然而真摯。

崔顥（七零四？—七五四）

汴州（今河南開封）人。他所寫的詩只有四十多首，早年詩多寫上層階級生活，但也有諷刺。後有邊塞生活經驗，也寫過邊塞詩。他所寫的《黃鶴樓》很被李白讚賞。《長干行》屬樂府《雜曲歌辭》，是六朝時金陵（今南京）長干里一帶流行的民歌體，清新淳樸。

長干曲（四首錄三）

一

君家何處住？妾住在橫塘。
停船暫借問，或恐是同鄉。

二

家臨九江水，來去九江側。
同是九江人，生小不相識。

三

下渚多風浪，蓮舟漸覺稀。
那能不相待，獨自逆潮歸？

第一首的橫塘是地名，在今南京西南，離長干里很近。這首詩寫一女子問在長江中相遇的男子家住何處，並說自己家在橫塘，與他或是同鄉。愛慕之情意在言外，含蓄而情深。

第二首的九江泛指長江水，不是現今江西的地名。這首詩是男子的答話，「生小不相識」，有相見恨晚的意味，也是很有感情內涵的。

第三首寫互相關懷，互相幫助的情誼。

儲光羲（七零七—七六零）

兗州（在今山東）人。安祿山陷長安時，曾任偽職，亂平以後，貶至嶺南死。詩多寫田園生活。

江南曲（四首錄一）

日暮長江裏，相邀歸渡頭。
落花如有意，來去逐輕舟。

在江南水鄉，青年男女常在水上從事採蓮、採菱、捕魚等勞動，從相識到互相愛慕是常有的情形。這首詩寫青年男女相愛而還未能暢吐情懷時的微妙複雜心理。第二句寫相約到渡口會面同歸。末二句以落花似有意逐輕舟來去來形容這種心理狀態。虛實結合的藝術手法是值得注意的。

劉長卿（七零九—七八六？）

河間（今河北省河間縣）人，擅長山水詩，文字精練，富有畫意。

逢雪宿芙蓉山主人

日暮蒼山遠，天寒白屋貧。
柴門聞犬吠，風雪夜歸人。

天色晚了，山路還很遙遠，旅客要投宿的心情和路途的疲勞是讀者可以想像的，略而不寫，第二句便寫到了貧苦人家的茅屋。十個字繪出一幅淒清的圖景，人也就在圖中隱約可見了。犬吠和主人在風雪中歸來，不著一語，讀者就可以想像到他的一天勞苦生活和詩人對他的情誼了。

送靈澈上人

蒼蒼竹林寺，杳杳鐘聲晚。
荷笠戴夕陽，青山獨歸遠。

靈澈是中唐時期著名詩僧，俗名湯源澄，會稽人。他出家的地方是會稽雲門寺，遊方住在潤州（今江蘇鎮江），詩人送別他回寺寫了這首詩。上人是對僧的尊敬稱呼。

蒼蒼形容寺的周圍樹木繁茂，在青山上，傍晚鐘聲可聞，表示環境極為幽靜。夕陽下荷笠獨歸，詩人目送他漸漸遠去，高僧的飄逸形象和送別詩人的心情容貌，同幽雅的環境組合成一幅和諧優美的畫圖。

尋張逸人山居

危石才通鳥道，空山更有人家。
桃源定在深處，澗水浮來落花。

逸人，隱居的人。桃（花）源是想像中的世外樂土，因晉陶潛《桃花源記》一文而膾炙人口。這裏看到澗水漂浮來的落花，而引起了桃源定在深而不遠處的聯想。

杜甫（七一二—七七零）

原籍湖北襄陽，後遷居河南鞏縣，是杜審言的孫子。舉進士不第後，曾到多地漫遊，既觀覽了祖國名山大川，也接近了人民群眾，對他的寫作都有影響。安祿山陷長安時，他逃到鳳翔，肅宗任命他為左拾遺。後又移家成都，在浣花溪上建築草堂。嚴武對他頗多照顧，表為檢校工部員外郎，因此杜甫常被稱為杜工部。晚年攜家出蜀，在途中病故。

絕句（二首）

一

遲日江山麗，春風花草香。
泥融飛燕子，沙暖睡鴛鴦。

二

江碧鳥逾白，山青花欲燃。
今春看又過，何日是歸年。

第一首：「遲日」就是春日的意思，首句寫在春日陽光照耀之下，江山顯得美麗。第二句寫春風吹拂花草，散發芳香，更使人覺得「江山如此多嬌」了。三四句寫暖日使泥土融化，正適合燕子築巢的需要，牠們飛來飛去，是動態的美。日曬沙暖，鴛鴦在沙上安睡，是靜態的美。詩人在這幅畫圖中所表現的歡快心情，自然微妙地感染讀者，用不着多著一字了。

第二首首句寫白羽毛的鳥飛過江面，與碧色江水一對襯，羽毛顯得更白了。青色山上的紅花對襯起來，花色更濃艷，彷彿像火要燃燒起來了。末二句寫時光易逝，春天眼看就要過去，但不知道何年何日才能回鄉。這首詩是杜甫避亂入蜀後所寫，既表現了鄉愁，也蘊蓄着憂國的情緒。

漫興（九首錄四）

一

眼見客愁愁不醒，無賴春色到江亭。
即遣花開深造次，便教鶯語太丁寧。

二

手種桃李非無主，野老牆低還是家。
恰似春風相欺得，夜來吹折幾枝花。

三

腸斷江春欲盡頭，杖藜徐步立芳洲。
顛狂柳絮隨風舞，輕薄桃花逐水流。

四

糝徑楊花鋪白氈，點溪荷葉疊青錢。
筍根雉子無人見，沙上鳧雛傍母眠。

杜甫在成都草堂定居後，生活比較安寧，環境也很幽美；但鄉愁國難，使他的心情不能寧靜。第一首寫心頭充滿愁緒，便覺得春色「無賴」而討人嫌惡，花開「造次」而使人心煩，鶯語「丁寧」而使人厭聽了。這並不違反人情，顛倒常理，反而是極合乎人的心理規律的。人的主觀感受往往給相同的環境著上不同的顏色。良辰美景引起愁思，是人人都會有的經驗。

第二首詩的戲謔口氣很有情趣，好像春風有意相欺，把花吹斷了幾枝。「得」是語助詞，沒有甚麼意義。

第三首：扶着手杖在江邊緩緩散步，本來是一件賞心樂事，但詩人心情不佳，所以嫌柳絮顛狂，桃花輕薄。

第四首詩所表現的心情同前幾首詩就不一樣了。詩的總題是「漫興」，就是隨手寫下來偶然的興致，好處是自然而無矯飾，可見詩人的真情實感。這首詩的頭兩句寫柳絮把小徑鋪上白氈，是溫順而不是顛狂了。第二句寫荷葉像一疊疊的青錢點綴溪水。青白對襯，景色多麼美呀！但這些都是靜止的，下兩句寫雉子梟雛，雖然隱約靜臥，卻表現出無限生機。全詩雖一句一景，卻互相有機地聯繫，構成一幅初夏的美景。詩人的愁似已煙消雲散，讀者也為之一快。

江畔獨步尋花（七首錄二）

一

黃師塔前江水東，春光懶困倚微風。
桃花一簇開無主，可愛深紅愛淺紅？

二

黃四娘家花滿蹊，千朵萬朵壓枝低。
留連戲蝶時時舞，自在嬌鶯恰恰啼。

師尊稱和尚，塔是僧墓，這句寫散步地點。二句寫春光使人感到困倦，讓微風吹拂略事休息。三四句寫一簇野生的桃花怒放，不知深紅還是淺紅更為可愛。

黃四娘大概是杜甫的鄰居。蹊是小路，花不僅遮蓋了小路，把花枝也壓低了。蝴蝶在花叢中飛舞，留連不去，黃鶯自自在在地歌唱，啼聲使人樂聽。「恰恰」也可作擬聲解釋。

絕句（四首錄一）

兩個黃鸝鳴翠柳，一行白鷺上青天。
窗含西嶺千秋雪，門泊東吳萬里船。

這首詩寫了四種顏色：黃、翠、白、青，地上天空構成和諧美麗的圖景；兩種鳥一歌一飛，使圖景充滿了活潑生機。千秋雪表示時間的悠久，萬里船表示空間的廣闊。亂後詩人的內心是歡快的，但他更為關懷的是身外的一切。

杜甫短期居住在成都的草堂，可以看到西嶺（即西山，又名雪嶺）上千年不化的積雪。草堂離合江的萬里橋不遠，所以從那裏可以看到成都同江蘇地帶來往而常在水上停泊的船隻。

除黃鸝外，杜甫絕句中提到的鳥你們都見過。在我的故鄉可以常見到黃鸝，我父親寫春聯時，喜歡寫「兩個黃鸝鳴翠柳，一行白鷺上青天」，是我童年的愉快回憶。我一九四六年回鄉，又見到「兩個黃鸝鳴翠柳」的實景，詩與生活就水乳交融了。希望你們讀好詩要好好品味消化，起到豐富並美化情操的作用。

杜甫的絕句喜用對偶的聯句，這也是他的一個特色。

漫成一絕

江月去人只數尺，風燈照夜欲三更。
沙頭宿鷺聯拳靜，船尾跳魚撥剌鳴。

「漫成」同「口占」相似，都表示一時有了詩興，隨手寫成或隨口吟成。詩寫夜泊景物，富有生活情趣，自然而毫無雕飾。江月是江水中映出的月影，所以離人只有幾尺遠。月光下水天一色。風燈是船桅上掛的燈，有罩避風，所以稱風燈。天近三更，時近夜半了，詩人還未入睡。因為是月夜，所以可以看到白鷺在沙上屈身安眠；因為夜靜，所以聽到船尾魚跳的撥剌聲。

從許多首絕句都可以看出：杜甫是很愛自然景色的，觀察十分細緻，寫過多種鳥，姿態不同，各有特色。許多細小生活片斷，經他一寫，就很有情趣了。當然，他的最重要的作品還是被稱為「詩史」的那些篇。

贈花卿

錦城絲管日紛紛，半入江風半入雲。
此曲只應天上有，人間能得幾回聞。

花卿，即花敬定，卿是對男子的客氣稱呼。花因平叛有功，不僅放縱部下搶掠人民，自己也過着驕奢淫逸的生活，無視安史亂後人民的疾苦。

錦城即今成都，絲管指弦樂器和管樂器，日紛紛是每日樂聲不斷。第二句寫樂聲傳播得又遠又高，極言其盛。三四句可以認為是稱讚音樂之美，是人間難得聽到的仙樂。但認為有婉諷的意思，也不能說是牽強附會，因為在封建時代，對樂的演奏是有嚴格規定的。「人間」與「天上」（民間和朝廷）不分，就是大逆不道了。

江南逢李龜年

岐王宅裏尋常見，崔九堂前幾度聞。
正是江南好風景，落花時節又逢君。

李龜年是開元時期著名的歌唱家，岐王是唐玄宗的弟弟李範，崔九是當時殿中太監崔滌，是唐朝盛世的皇親貴族。杜甫那時年歲雖輕，已經知名，所以能常在帝京（即長安）達官貴宅中見到李龜年並聽他唱歌。安史之亂使唐朝由盛而衰，詩人和歌唱家分散漂泊，貧困不堪，四十年後竟在江南無意重逢，這時江南風景雖佳，卻到落花時節了。

這首詩表面上只寫久別重逢，但世事滄桑，個人遭遇的感慨悲傷之情，卻極為含蓄地深刻表達出來了。

三絕句（錄二）

一

二十一家同入蜀，惟殘一人出駱谷。
自說二女嚙臂時，回頭卻向秦雲哭。

二

殿前兵馬雖驍雄，縱暴卻與羌渾同。
聞道殺人漢水上，婦女多在官軍中。

入蜀是避羌、渾（党項羌、吐谷渾）當時入侵之亂。惟殘，只剩下。駱谷關是入蜀要道，出駱谷即可以安全入蜀。二女嚙臂，訣別時咬臂出血，並非棄之，實難兩全也。

殿前兵馬指的是宦官魚朝恩（七二二—七七零）統率的禁軍，保護皇帝的軍隊。他們雖然勇敢善戰，可是殘暴同入侵的羌、渾差不多。他們在長江支流漢水上游地帶不僅殺人，還把婦女擄到軍中。二詩寫的是異族入侵和兵災帶給人民的苦難，可以說是詩史的縮影。

景雲（生卒年代不詳）

與岑參同時，是盛唐一位詩僧，善草書。

畫松

畫松一似真松樹，且待尋思記得無？
曾在天台山上見，石橋南畔第三株。

這首詩將欣賞繪畫時的詩意感受寫得生動入神，初見畫松彷彿似曾相識，十分驚訝。經過沉思回憶，記起在天台山石橋南邊第三株松就是畫中松樹臨摹的原物。畫家的畫能這樣感動觀者，當然不僅在於形似，觀者能這樣心領神會，也有生活經驗做基礎。

岑參（七一五—七七零）

唐代南陽（今河南南陽）人，雖然祖父、伯父、父親都任過高官，父親死後，家道衰落，生活清貧。他曾兩次出塞，很熟悉邊疆生活，所寫邊塞詩，同高適齊名。

西過渭州見渭水思秦川

渭水東流去，何時到雍州？
憑添兩行淚，寄向故園流。

渭水即渭河，從甘肅經陝西流入黃河。秦川在今陝西。雍州為古代九州之一，包括陝西。渭水東流可到故園，但自己卻身在異鄉，無法隨去。只好向河水流淚，聊寄鄉思了。

逢入京使

故園東望路漫漫，雙袖龍鍾淚不乾。
馬上相逢無紙筆，憑君傳語報平安。

岑參在天寶八年（七四九）離開長安，去安西任職。途中向東回顧長安的家，已經是很遠很遠的了。這時遇到一個去長安述職的人，引起離家遠行的悲感，流淚把雙袖都弄濕了，龍鍾就是淚淋淋的樣子。想給家裏寫信，路上又沒有紙筆，只好託他帶口信向家人報告平安。這本是一件平平常常的事，但又出乎意外，引起驚訝而又悲喜交織的複雜情緒，不加雕琢，信手寫來，十分親切動人。

我年幼比正輝只大一歲時，到兩百多里外上阜陽第三師範學校，有點想家，父母自然也思念我。每有便人，父親總託他帶一封信，封後總寫上「憑君傳語報平安」。那時我不甚明白父親的用意，但寫上那句詩的信封，我至今還記得清清楚楚。現在我很了解父親的心情：希望把寫不盡的意思，請帶信人加以補充。我深信他深深體會到這句詩的內涵了。

磧中作

走馬西來欲到天，辭家見月兩回圓。
今夜未知何處宿，平沙萬里絕人煙。

磧，沙漠。欲到天，似乎要到天上了，這是因為西北高原越向西去越高，在廣闊的沙漠中騎馬向上走，天就顯得低了，人彷彿在上天。這種景象是很壯觀的。第二句寫離家後已經見到兩次月圓，思家的情緒意在言外。三四句寫沙漠萬里，人煙斷絕，還不知在何處住宿呢。

玉關寄長安李主簿

東去長安萬里餘，故人何惜一行書？
玉關西望腸堪斷，況復明朝是歲除！

玉關，玉門關。主簿是掌文書的官員，不知其名。詩寫時已是除夕前夜，詩人更思家念友。古典詩歌要協韻，而有字古今讀音不同，讀今音往往不協，所以在這裏順便說一下，不必深究。「餘」古音讀「吳」，同「書」「除」兩字就協韻了。「餘」如讀「魚」，「書」就讀「虛」，「除」就讀「區」，也可以協韻。為聲音美，詩人總力求協韻，我們讀今音而覺得不協韻，是音變的關係，並不是詩人疏忽。

山房春事

梁園日暮亂飛鴉，極目蕭條三兩家。
庭樹不知人去盡，春來還發舊時花。

梁園是西漢梁孝王劉武所建，又名兔園，原在今河南商丘東。園的面積廣闊，有樓臺亭閣，種的有奇花異木，養的有珍禽異獸。詩人到這裏憑弔遺址，寫了這首詩，表達人世滄桑的感慨。他不用抽象的慨嘆語言，而寫了兩種不同景物，一加對比，感染人的詩情就深深激動讀者的心了。日暮飛鴉是最足以引人傷感的，只剩二三人家，荒涼蕭條的情況就充份表達出來了。三四句一轉寫庭樹還開舊日的花，又在春光明媚的時節，淒涼之感不是減輕，而是加重了，因為這些更引人在想像中復現以前的繁榮景象。

春夢

洞房昨夜春風起，遙憶美人湘江水。
枕上片時春夢中，行盡江南數千里。

常常思念的人入夢，是人所常有的經驗，所以這首詩讀起來使人感到特別親切。經驗不同，也使人對詩的理解有異。夜間洞房獨眠，春風使人知道季節已經轉換，情隨境遷，思念遠在湘水之濱的美人更為殷切，也是很自然的，夢中片時走完幾千里地，到了湘水之濱，同美人相會，也就很不突然了。

美人一詞在古漢語中意義比現代廣泛，既可指色美的女人，也可指德高的男人，這首詩中所指的是女是男並不明確，怎樣理解都可以。

裴迪（七一六—？）

關中（今屬陝西）人。與王維友善，居終南山，與王唱和，寫輞川別墅風景，但詩不如王。天寶後任蜀州刺史，與杜甫、李頎過從甚密。

華子岡

落日松風起，還家草露晞。
雲光侵履跡，山翠拂人衣。

華子岡是輞川別墅風景點之一。詩寫還家時所見景物和感受。首句寫夕陽照映，松林風起；二句寫草上露水已經乾了。雲光是夕陽餘暉從雲中射出，照到鞋痕。末句寫山的翠色觸到衣服。「侵」「拂」兩個動詞使兩句詩極為生動。「雲光」「山翠」也富有色彩美。全詩寫詩人在如畫的山林美景中的留戀情緒。

崔九欲往南山馬上口號與別

歸山深淺去，須盡丘壑美。
莫學武陵人，暫遊桃源裏。

南山，終南山。崔九是曾任唐玄宗秘書監的崔滌。詩人勸他遊山要盡興，把山的深處淺處，高處低處的美都完全加以欣賞。不要像《桃花源記》中的武陵漁夫那樣，在桃花源裏一逛就算了。

賈至（七一八—七七二）

洛陽人。他同李白、杜甫都有交往，並有詩唱和。

初至巴陵與李十二白裴九同泛洞庭湖（三首錄一）

楓岸紛紛落葉多，洞庭秋水晚來波。
乘興輕舟無近遠，白雲明月弔湘娥。

唐巴陵郡包括洞庭湖所在地岳陽，賈至貶為當地司馬，是輔助刺史的小官員。詩的頭兩句描寫洞庭晚秋景色，楓葉和秋水相映，顯得十分明媚。三句寫一任輕舟遠近漂流，遊人顯得多麼自由灑脫，遊興歡暢。洞庭自然容易引起關於舜的二妃娥皇女英的傳說聯想，白雲明月既象徵憑弔者純潔情操，也象徵二妃的忠貞愛情。

春思（二首錄一）

草色青青柳色黃，桃花歷亂李花香。
東風不為吹愁去，春日偏能惹恨長。

柳色鵝黃，芳草青青，桃李怒放，散發芬芳，多麼令人悅目賞心的春光！但是詩的三四句猛然一轉，詩人既怨春風不能將愁吹去，更嫌春日使恨延長！這只能從詩人的生活情況和內心情緒尋找原因了。詩人這時被貶官任岳州司馬，無事可幹的小官，才能無由施展，愁恨便不是春光所能排除的了。

張謂（生卒年代不詳）

河內（今河南沁陽縣）人。天寶二年（七四三）中進士。大曆間官至禮部侍郎。

早梅

一樹寒梅白玉條，迥臨村路傍溪橋。
不知近水花先發，疑是經冬雪未消。

白玉條寫寒梅色白如玉。迥臨，遠遠地靠着。傍，臨近。色白，遠處易見而不易識別，傍橋知樹近水，是花早發的原因，因為不知，所以疑梅是雪。詩人的思想感情過程，梅花在春寒中怒放的姿態，都生動地寫出來了。

元結（七一九—七七二）

河南魯山（一作武昌）人。安史亂時，曾組織義軍，保全了十五座城市。在動亂時期也為人民做過些好事。

欸乃曲（五首錄一）

湘江二月春水平，滿月和風宜夜行。
唱橈欲過平陽戍，守吏相呼問姓名。

「欸乃（讀矮奶）曲」，是搖櫓時船夫所唱的號子。元結任道州（今湖南道縣西）刺史，因公去長沙，回程湘江水漲，並為逆流而上，所以寫了五首《欸乃曲》，讓船夫歌唱，有助興之意。一二句寫滿月和風，乘船在春水上夜行，船夫又唱着號子，本來是件賞心樂事。三句「唱橈」，即唱搖櫓的歌。平陽在衡陽以南，戍是有兵防守的關口，守吏問船上人姓名，一個細節點出這時已經不是太平盛世了。

錢起（七二二—七八零）

吳興（今浙江湖州一帶）人，與王維有詩唱和。

歸雁

瀟湘何事等閒回？水碧山明兩岸苔。
二十五弦彈夜月，不勝清怨卻飛來。

雁是候鳥，冬天南飛，春暖北歸。瀟湘是湘水，是雁棲息的地方，水碧山青，兩岸又長滿青苔，自然也有花草，風景是很美的。詩人向歸雁發問，在這樣一個美好地方，為甚麼要隨便飛回北方呢？三四句是歸雁的答語，涉及湘妃鼓瑟的神話。二十五弦是古樂器瑟。舜的二妃娥皇、女英在舜死後，悲傷投湘水溺死，成為湘水之神，常在月夜鼓瑟以抒懷舜哀思，歸雁聽了難忍清愁，所以飛回了。詩所表現的有詩人的鄉愁，想像是很奇特的。錢起是浙江人，一直在北方做官，借不解歸雁何以棄南飛北，委婉表達了思鄉情懷。

有人稱讚他詩格新奇，這首詩可做印證。

暮春歸故山草堂

谷口春殘黃鳥稀，辛夷花盡杏花飛。
始憐幽竹山窗下，不改清陰待我歸。

谷口是故山草堂所在地，歸時已是暮春，黃鶯已少，較杏花開放早的辛夷（木蘭樹花）已謝盡，杏花也紛紛飄落，景色略顯淒清。因而更愛窗下的幽竹，不像兩花謝落，卻仍然一片清陰，待我歸來。詩人由憐愛幽竹而想像竹亦多情，加以讚美。像松一樣，竹在古典詩中也常被詩人讚頌，具有高雅貞潔的品格。

藍田溪雜詠（二十二首錄二）

一　戲鷗

乍依菱蔓聚，盡向蘆花滅。
更喜好風來，數片翻晴雪。

二　銜魚翠鳥

有意蓮葉間，瞥然下高樹。
擘波得潛魚，一點翠光去。

第一首首句寫海鷗有時聚在菱角秧附近，二句寫牠們有時藏在蘆葦深處。颳起風來，更為高興，便飛舞起來，海鷗白色，好像是晴天飄雪。三種形態有動有靜，這不是很富詩意的圖畫嗎？天津離海很近，可惜海鷗很少飛進市區。海面上海鷗飛舞，恐怕只有正輝去大連時看過吧。

第二首的翠鳥，在我的故鄉常見，我很喜歡牠，因此也很喜歡這首詩。詩寫牠注意荷葉中間，突然從高樹上飛下來，闢開波浪，得到下面潛藏的魚，鳥身像一點翠色的光，一閃便不見了。寫得多活，我們不禁驚喜叫好。

張繼（？—約七八零）

鄧州南陽（今河南鄧縣、南陽一帶）人，一說他是湖北襄陽人，他的詩中有十九首絕句，其中兩首傳是他人所作。

楓橋夜泊

月落烏啼霜滿天，江楓漁火對愁眠。
姑蘇城外寒山寺，夜半鐘聲到客船。

楓橋原名封橋，因張繼詩而改名，在今蘇州楓橋鎮。夜間船停，泊在那裏，詩人即興寫了這首詩。這時月落烏啼，霜寒襲人，能看到的只是江岸楓樹，水上漁船的燈火，不免引起不眠的旅人的愁思。姑蘇就是蘇州。寺是南朝梁時建的古剎，傳說詩僧寒山住過這裏，因此得名，寺在楓橋鎮。佛寺夜半鳴鐘是唐代常事，別人詩中也有記載，歐陽修指責這句詩失實，是錯的。不眠的旅客獨臥在冷清清水面的船上，旅愁是不難想像的，時已午夜，突然聽到古剎鐘聲，一定會浮想聯翩。想些甚麼，詩人沒有寫，但內涵無限豐富，韻味無窮。這首詩被人廣為傳誦，近年來有很多日本旅客到蘇州旅遊，就為除夕聽寒山寺的半夜鐘聲。聽到鐘聲聯想如何，那就要看各人的生活經驗了。

「夜半鐘聲到客船」使我想起一點往事，就當故事給你們講講吧。

一九四四年三月到一九四六年三月，我在白沙女子師範學院教書，給學生課外講一次《試談人生》，講到吉辛在《四季隨筆》中引約翰生的話說，在讀過書和沒讀過書的人之間同死人與活人之間，有同樣大的差別。作為例證，他說蝙蝠和貓頭鷹在不讀書的人心中，只是引起迷信的恐怖或憎惡；但牠們進入了詩人的世界，在讀過這些詩的人心中，引起的卻是富有詩情畫意的聯想。這話引我想起韓愈的詩句：「黃昏到寺蝙蝠飛」，辛棄疾的詞句：「繞床飢鼠，蝙蝠翻燈舞」，我便覺得吉辛的話是他親身的體會。吉辛又說，一次中夜醒來聽到鐘聲，立刻聯想到莎士比亞的《亨利四世》，劇中有個人物說過：「我們聽到了半夜的鐘聲。」他的感觸一定是愉快的、富有詩意的。我問學生：你們讀過

「夜半鐘聲到客船」後，如果聽到半夜的鐘聲，不會感到喜悅嗎？我現在問問你們：讀過這首詩後，想不想到蘇州坐在船上，聽聽寒山寺「夜半鐘聲到客船」呢？願去？那我們就不算白讀這首絕句了。因為好詩可以使我們的感官銳敏，是一把打開我們心靈的金鑰匙，使我們對人間一切真善美的東西可以心領神會，並用這一切作為鼓舞我們的源泉和力量，向人生的最廣處探索，向人生的最深處追求，向人生的最高境界攀登！

閶門即事

耕夫召募逐樓船，春草青青萬頃田。
試上吳門窺郡郭，清明幾處有新煙？

閶門，蘇州城的西門。即事，就目前所見的事而寫的詩。這裏的事，指唐肅宗疑李鐃、劉展二人靠不住，先殺了李；還密謀殺劉，劉反攻陷了江淮十多個州的地方，平亂的官兵到處肆虐；人民遭到災難，蘇州災後幾絕人煙。張繼的詩就寫的是他所見的情況。耕夫（農民）被徵去駕駛樓船（大兵船），無人耕地，百頃田都只長青草。吳門，蘇州的城門。郡郭，郊區。寒食節在清明前二日，要禁火；所以清明後要重新生火，可是能見到幾處炊煙呢？

皇甫冉（七一六？—七七零）

潤州丹陽（今江蘇丹陽縣）人，十歲就能寫文章，張九齡認為小友，可見對他很器重。

送鄭二之茅山

水流絕澗終日，草長深山暮雲。
犬吠雞鳴幾處，條桑種杏何人。

鄭二不知何名。之茅山，到茅山去。茅山在江蘇西南部，這首詩所寫的就是那裏的田園風景。「條桑」，意為挑取桑葉，即採桑。「種杏」，用了一個典故：《神仙傳》載：「董奉居廬山，為人治病輒癒，重者種杏五株，輕者一株。」此句意在勸勉友人到茅山後養蠶並為人治病。

問李二司直所居雲山

門外水流何處？天邊樹繞誰家？

山色東西多少？朝朝幾度雲遮？

這首詩所提的問題，實際上就是對雲山景色的描寫，讀起來彷彿是對熟朋友的思念和問候。

嚴武（七二六—七六五）

華州華陰（今陝西華陰市附近）人，曾兩任劍南節度使。同杜甫關係很好，對詩人頗為關心，是值得紀念的。他破吐蕃有武功，吐蕃攻陷過西安，還常進犯西蜀地區。嚴武擊敗過吐蕃七萬軍隊，收復失地，但頗為驕矜，他母親很怕他闖禍。

軍城早秋

昨夜秋風入漢關，朔雲邊月滿西山。
更催飛將追驕虜，莫遣沙場匹馬還。

漢關是指漢軍把守的關塞。秋風已起，北邊疆界上的寒雲冷月籠罩着西山（大雪山），這是吐蕃軍容易進犯的時候，要準備迎擊，是前二句的含意。飛將是漢代征匈奴的「飛將軍」李廣，這裏借指對吐蕃作戰的勇將；驕虜指強悍的吐蕃軍隊。末二句寫戰爭即將勝利結束，要窮追全殲敵軍。這首詩寫出了一位警惕性高，指揮如定，勇而不驕的大將風度。

金昌緒（生卒年代不詳）

只知他是臨安（在今浙江省）人，詩也只有一首。

春怨

打起黃鶯兒，莫教枝上啼。
啼時驚妾夢，不得到遼西。

黃鶯就是黃鸝，是人人喜聽的歌鳥。為甚麼要打跑牠，不讓牠在樹枝上歌唱呢？原來是少婦，即詩中習慣自稱為妾的人，怨牠驚醒自己的夢，不能在夢中一見她日夜思念、遠戍邊塞遼河以西的丈夫。少婦思念征夫的癡情，另用文字描寫，就是畫蛇添足了，打是為了不讓牠啼，不讓牠啼是為怕驚夢，夢是想到遼西一見征夫，四句四層，詩顯得委婉自然，曲折有致，引起讀者無限同情。

劉方平（約公元七四二年前後）

河南洛陽人，終身隱居，同元結、皇甫冉等詩人有交往。詩以絕句見長。

夜月

更深月色半人家，北斗闌干南斗斜。
今夜偏知春氣暖，蟲聲新透綠窗紗。

詩人也是善畫的，這首詩頭二句就畫出了很美的初春夜景，使讀者從視覺得到美的享受，夜已深了，月光偏照半個庭院，另一半庭院只隱隱約約，多少有些神秘氣氛。北斗七星，雅名大熊星座，俗名勺子星。因為形像湯勺，你們是常看到的，也讀過「北斗七星高，哥舒夜帶刀」的詩句。南斗六星，雅名人馬星座，俗名未聽老人説過，不知道。闌干和斜同樣意思，都是傾斜，表示夜確已很深了，仰天一望，讀者的胸懷也就開闊了。在這樣幽靜的夜裏，憑視覺已經可以感到春意。三四句寫蟲聲透過綠紗窗，春氣暖的感覺就使讀者身心都為之舒暢了。

春怨

紗窗日落漸黃昏，金屋無人見淚痕。
寂寞空庭春欲晚，梨花滿地不開門。

先給你們説説關於金屋的小故事吧。漢武帝有個表妹，小名叫阿嬌，武帝小時有人問他願不願意娶阿嬌為妻，他答：「若得阿嬌，當作金屋貯之。」後來他立阿嬌為皇后，但是又棄了她。從這個典故，知詩中所寫當是一個宮女。黃昏時獨坐屋內，從紗窗可以看到夕陽，但她哭了很長時候，臉上留下淚痕，卻無人看到。屋內無人做伴已夠孤獨，庭院又空空如也，更顯得寂寞。天近黃昏，時近春晚，梨花滿地所象徵的是日漸消逝的青春，是對自己命運的悲傷，也是對封建王朝統治者的控訴。

司空曙（七二零？—七九四？）

廣平（今河北永年縣附近）人，是大曆十才子之一。

江村即事

釣罷歸來不繫船，江村月落正堪眠。
縱然一夜風吹去，只在蘆花淺水邊。

一個釣魚的人在月落時回來，疲勞得很想睡覺，連船都不繫了；而心情卻是舒暢愉快的，從第三四句可以看出。動作只寫垂釣，寫景只淡描微風殘月、淺水蘆花，十分樸素淡泊。但這淡妝的幽靜農村生活，多麼令人嚮往呵！這同「紅杏枝頭春意鬧」是完全不同的意境，但蘇軾說：「欲把西湖比西子，淡妝濃抹總相宜」，似乎對品評這兩種不同的意境時也適用。

留盧秦卿

知有前期在，難分此夜中。
無將故人酒，不及石尤風。

這是挽留友人的詩，盧秦卿事跡不詳。前期，後會之期。首二句說雖知後會有期，此夜卻不忍分離。下二句用開玩笑的口氣出之，卻表現了誠懇的友誼。關於石尤風，有這樣一段故事：一個石姓的女子嫁了經商的尤姓的丈夫，按習俗稱石尤氏。丈夫要遠行，妻子勸阻不聽，他又久去不歸，她思念成疾而死。她死前說：「以後有商人遠行，我為保佑婦女，必作大風阻止。」此後商人發船時若遇打頭逆風，就說這是「石尤風」，便中止出發。

張潮（生卒年代不詳）

曲阿（今江蘇丹陽縣）人。他存詩只有五首，有一首還被認為是別人寫的。

採蓮曲

朝出沙頭日正紅，晚來雲起半江中。
賴逢鄰女曾相識，並着蓮舟不畏風。

沙頭，即江岸。朝出是大好晴天，晚上半天雲起，天變起風了。憑仗遇到相逢的鄰女，蓮舟並行，就不怕風吹翻船了。詩寫採蓮婦女勤勞勇敢，並能互相幫助，很有民歌趣味。

江南行

茨菰葉爛別西灣，蓮子花開猶未還。
妾夢不離江上水，人傳郎在鳳凰山。

茨菰就是慈姑，一種可吃的水生植物，葉爛當在秋冬，是他們在西灣離別的時候。當時可能相約不久就回來。但是蓮花已開，到了次年夏天了，思念的人還沒有如約而歸。去時走水路，所以思念成夢不離水上，但聽人說男的在鳳凰山，已經離開水上了，可見行蹤不定，不免在離愁之外，又增加了擔心和微怨。這首詩語淺情深，也很有民歌風味。

顧況（七二五？—八零六）

蘇州人，一說海鹽（今浙江海鹽縣）人。因作《海鷗詠》諷刺權貴，貶為饒州司户。詩多對被壓迫的勞動人民表示同情，並痛斥不合理的風俗制度。

過山農家

板橋人渡泉聲，茅檐日午雞鳴。
莫嗔焙茶煙暗，卻喜曬穀天晴。

首句寫過木橋到山農家去時聽到泉水聲，次句寫到山農茅屋時聽到雞鳴，通過走的經過，把山村景色描寫得很細緻。末二句寫山農接待來客情形，一面請客人不要見怪，因焙製茶葉屋裏有煙，一面談天晴曬穀，心裏高興。山農的勤勞和純樸性格也恰當地表達出來了。

歸山作

心事數莖白髮，生涯一片青山。
空林有雪相待，古道無人獨還。

詩寫山居生活的環境和內心的感情，很真實自然。

臨海所居（三首錄一）

此是昔年征戰處，曾經永日絕人行。
千家寂寂對流水，惟有汀洲春草生。

這裏所謂「昔年」，指寶應元年（七六二）到二年，征戰指唐王朝指派縣令向人民搜刮財物，民不聊生，袁晁起義反抗，戰敗被殺。這次戰爭造成了詩中所寫的人絕地荒，只有沙洲上青草自在地生長着。

李涉（生卒年代不詳）

洛陽人。初與弟渤同隱廬山。大和中為太學博士。

井欄砂宿遇夜客

暮雨蕭蕭江上村，綠林豪客夜知聞。
他時不用逃名姓，世上如今半是君。

《唐詩紀事》記述一個有趣的故事：涉在皖口（在今安徽安慶市皖河入長江的渡口）遇盜，問是甚麼人，侍者答是李博士。盜說久聞詩名，只願得一詩即可，李涉就寫了上面一首絕句送他。

井欄砂是皖口的小村，夜客和綠林豪客都是對盜的客氣稱呼。知聞，早聞詩名。頭二句敍事，連綠林好漢也知道自己的詩名，詩人自然感到高興。三句既有自己逃名無用的意思，似也説夜客不必隱姓匿名了。末句含有極深刻的諷刺，批判揭露了當時的現實，詩很有幽默感。

題鶴林寺僧舍

終日昏昏醉夢間，忽聞春盡強登山。
因過竹院逢僧話，偷得浮生半日閒。

詩的情緒有些消沉，但勉強登山，尋僧閒話，樂生的心情還意在言外。

韓翃（生卒年代不詳）

南陽（今河南沁縣）人，大曆十才子之一。

寒食

春城無處不飛花，寒食東風御柳斜。
日暮漢宮傳蠟燭，輕煙散入五侯家。

寒食節一般人家只能吃冷飯。但滿城花開，皇宮柳樹迎風搖擺，春光明媚，成為鮮明對照。封建統治者為表示恩寵，特准在宮內點蠟燭，並送燭到五侯家。這裏的漢宮實指唐宮，五侯指操縱朝政的宦官。末句實借這一具體事件進行諷刺。

宿石邑山中

浮雲不共此山齊，山靄蒼蒼望轉迷。
曉月暫飛高樹裏，秋河隔在數峰西。

石邑是今河北石家莊市。詩寫山中情景：高達浮雲，山上煙靄茫茫，難辨方向，曉月隱在高樹之中，銀河在數峰之外。詩使讀者有身臨其境之感。

郎士元（七二七—七八零？）

定州（今河北定縣）人，同錢起齊名，詩風相似。

聽鄰家吹笙

鳳吹聲如隔彩霞，不知牆外是誰家？
重門深鎖無尋處，疑有碧桃千樹花。

鳳吹聲，即笙聲。隔彩霞，從天外傳來。不知牆外是何許人家。重門深鎖，找不到吹笙的人。末句似以傳說中仙人王子喬吹笙相比，讚美所聞笙聲為仙樂，以王母瑤池「碧桃千樹花」形容它。

耿湋（七三零？—七九零？）

河東（今山西永濟縣蒲州鎮）人，大曆十才子之一。詩多傷時感世。

秋日

反照入閭巷，憂來誰與語？
古道少人行，秋風動禾黍。

反照，夕陽反射的餘暉。二句寫個人憂思。末二句寫秋日荒涼景象，有傷時的感慨，因為戰亂使唐王朝盛世成為過去了。

李端（七三二—七九二）

趙郡（今河北趙縣）人。大曆十才子之一。他不耐做官的生活，隱居衡山。

拜新月

開簾見新月，便即下階拜。
細語人不聞，北風吹羅帶。

在唐代有拜新月的風俗，向月訴説心事或祈求幸福。這首詩寫一個少女拜新月的情況。頭二句似寫事出偶然，實際上她心頭有許多話要傾吐，所以見月立即下階膜拜，態度十分天真自然。細語人不聞，只見到北風吹動裙帶。寫得含蓄，耐人尋味。

聽箏

鳴箏金粟柱，素手玉房前。
欲得周郎顧，時時誤拂弦。

箏是古代一種弦樂器，鳴箏就是彈奏箏曲。柱是固定弦的短軸，金粟是上面的裝飾。素手指女子的手，玉房前是華麗房屋前面，女子彈箏的地方。周郎是三國時的周瑜，他懂音樂，聽到琴調彈錯時，就看看彈奏的人，要其糾正。這兩句寫彈箏的女子因為願聽箏的人看看她，故意把箏彈錯。這就含蓄微妙地把彈箏人的心情表達出來了。

閨情

月落星稀天欲明，孤燈未滅夢難成。
披衣更向門前望，不忿朝來鵲喜聲。

這首詩寫少婦期待丈夫回來，守着孤燈，直到天要亮時還未能入睡，起床向門外看望，依然見不到人影。喜鵲鳴叫，一般相信是遠人歸來的喜兆，但這時因為失望，就不免不忿（也就是不滿、憎惡）了。

李冶（？—七八四）

吳興人，女道士。她與劉長卿有來往，劉稱她為女中詩豪。

明月夜留別

離人無語月無聲，明月有光人有情。
別後相思人似月，雲間水上到層城。

詩的頭二句寫離別時人雖默默無語，內心卻有感情；明月雖然無聲，卻放射出光輝。離別以後，人的思念之情像月光一樣，從雲間水上傳送到層城（仙地或樂土）。詩人先以離人無語比明月無聲，明月有光比離人有情，下二句以月光遠照比相思之情，它不是距離所能阻隔的。詩所表達的情思同月光一樣明媚。

柳中庸（生卒年代不詳）

名淡，以字行，河東（今山西永濟縣）人。他和柳宗元是同族，和李端是詩友。存詩只有十三首。

征人怨

歲歲金河復玉關，朝朝馬策與刀環。
三春白雪歸青冢，萬里黃河繞黑山。

金河即黑河，故址在今內蒙古自治區呼和浩特市南。玉關即玉門關，兩地相離很遠，這句表示轉戰各地或常常更換駐地。馬策就是馬鞭，刀環是戰刀柄上的銅環，這句是天天離不開馬鞭和戰刀。青冢是西漢王昭君墓，在今呼和浩特市境內，據說墓上的草色獨青，因此叫青冢。黑山也在今呼和浩特市境內，離黃河很遠。一種說法把三四句解釋為：似仍就征夫行蹤而言，三月又回到青冢，行蹤有如黃河繞黑山一樣遠長，這就與首句重複了。另一種解釋說三四兩句寫邊塞的寒冷荒涼，跋涉的勞頓辛苦。通過這些具體情況，怨的情緒也就表現得很深刻了。對仗十分工整是這首詩突出的藝術特色。

戎昱（七三五—七九零）

荊南（今湖北江陵縣附近）人。曾在書法家顏真卿幕下做過事。詩中寫過安史之亂後，吐蕃等少數民族侵擾情況。

移家別湖上亭

好是春風湖上亭，柳條藤蔓繫離情。
黃鶯久住渾相識，欲別頻啼四五聲。

這首詩寫離開故居時的依戀之情，但不直寫自己的感受，而寫柳、藤和黃鶯對自己的依戀。從此也可見詩人對故居的動植物都懷着深情，對故居的厚愛也就不言而喻了。柳條、藤蔓「繫」住離情，黃鶯「啼」出別恨，是一種擬人化的表現手法，使情感形象化，更易動人。

霽雪

風捲寒雲暮雪晴，江煙洗盡柳條輕。
檐前數片無人掃，又得書窗一夜明。

這首詩又題作《韓舍人書窗殘雪》，是訪友人不遇，將所見情景即興寫下來的。風將寒雲捲走，傍晚雪後天晴，江上煙靄被雪洗盡，柳條上積雪不多，在風中輕擺。頭二句把初晴後雪景寫得很好。檐前留下幾片殘雪未掃，想到「又得書窗一夜明」，便寫出對友人的深情了。晉代有個孫康，好學而家貧無油，曾映雪讀書。末句似暗用了這個典故。

韋應物（七三七—七九二）

長安（今陝西西安市）人。他詩風淡泊，愛寫自然風景。他很欽佩陶淵明，寫詩和做人都以他作榜樣。在滁州做刺史時，寫了一首詩：

滁州西澗

獨憐幽草澗邊生，上有黃鸝深樹鳴。
春潮帶雨晚來急，野渡無人舟自橫。

一種突然出現的現象或偶然見到的事物，引起詩人的注意，有所感而寫詩，是很常有的事。這一現象或事物所引起的思想感情，與詩人當時的心情相適應，或引起對生活的沉思或回憶，都是很自然的。因此，有些詩被人認為有寄託，就是字裏行間還有未明白寫出的意思。這種現象是有的，但讀者理解不同，所以常有爭論。例如對韋應物的這首《滁州西澗》就是如此。我們不談這些。

詩人做這首詩時在滁州做刺史，西澗在滁縣西部。詩寫澗邊幽草，深樹黃鸝，雨落潮漲，野渡無人，作為寫景詩是很出色的。聯繫到中唐政治腐敗，詩人關心人民疾苦而又無能為力，寫景中蘊含着這種情緒，並不足奇。但為寄託而尋景寫詩，那恐怕就不是詩人的本意了。

秋夜寄丘二十二員外

懷君屬秋夜，散步詠涼天。
山空松子落，幽人應未眠。

丘員外是丘丹，當時在山中學道，詩中稱他為「幽人」，隱居的人。許多學道的人喜吃松子，正當秋夜，是松子落地的季節，詩人因此而懷念他的好友，寫了這首詩。察覺這種情況，環境必然十分幽靜。這詩既表現了詩人的性格，也表現了「君子之交淡如水」，淡泊而實深厚的友誼。

休暇日訪王侍御不遇

九日驅馳一日閒，尋君不遇又空還。
怪來詩思清人骨，門對寒流雪滿山。

九天為事物奔波，第十天才休假一日，訪友不遇，自然使人悵然。王侍御不知是何許人，不過從三四句可以看出是一位詩友。第三句意思是：難怪詩思使人心靈純潔。末句以所見景物稱讚友人所寫的詩極度清新，人品高尚。

于鵠（七四五—七八七？）

隱居漢陽（今湖北武漢市）山中，詩多寫和尚、道士，但也偶有質樸如民歌的詩篇。

江南曲

偶向江邊採白蘋，還隨女伴賽江神。
眾中不敢分明語，暗擲金錢卜遠人。

《江南曲》是樂府《江西弄》七曲之一。古代沒有祭祀水神的廟宇，只在水邊舉行賽會祭神求福。詩中的少婦只隨興參加這些活動。三四句描寫她心中暗暗思念着外出的丈夫，偷偷地擲金錢占卜丈夫在外的吉凶或卜甚麼時候能歸來。是閨情詩的另一風格。

盧綸（七四八—八零零？）

河中蒲州（今山西永濟縣）人，是大曆十才子之一，數舉進士不第，元載把他的文章送上去，得授官，但以後稱疾辭去。

塞下曲

一

月黑雁飛高，單于夜遁逃。
欲將輕騎逐，大雪滿弓刀。

二

林暗草驚風，將軍夜引弓。
平明尋白羽，沒在石稜中。

這是他《和張僕射塞下曲》六首中的兩首。第一首寫夜逐敵人。古代匈奴稱首領為單于，這裏只指塞外部族。將是率領的意思，輕騎是輕裝行走迅速的騎兵。一四句寫戰爭環境空曠嚴寒，淒涼艱苦；二三句寫戰爭情況，敵敗我勝。全詩具體生動，讀起來如身臨其境。

第二首寫夜戍。草深林暗，令人一驚，起了風。我們常聽說「風從虎」，將軍知道有虎來了，立即引弓待發。發箭的結果到第二天早晨才見分曉：原來有白毛羽飾的箭射進石頭突出的部份了。將軍的警惕勇猛就意在言外了。

逢病軍人

行多有病住無糧，萬里還鄉未到鄉。
蓬鬢哀吟古城下，不堪秋氣入金瘡。

這首寫病軍人的詩真是字字是淚，使人不忍卒讀！拖着有病的身體，走了很多的路，疲勞不堪，乾糧存得不多，又不敢住下休息。希望還鄉，萬里迢迢，又明知不能走到。蓬頭垢面，坐在荒蕪的古城牆下，天氣漸冷，身上所受的刀劍瘡疼得難忍，苦苦哀吟。這是慘絕人寰的圖景，他的災難勝過戰場上的枯骨。

唐朝的邊塞戰爭，有時是反擊異族的侵略，有時是為擴張領土。不過戰爭中受苦最多的是征夫，我們從這類詩略略可以看到。

李益（七四八—八二七）

隴西姑臧（今甘肅武威縣）人。客遊燕趙，又久歷征戍，既有慷慨悲歌詩篇，也有情思悱惻佳作。他的詩音律和美，樂工爭相譜唱。

江南曲

嫁得瞿塘賈，朝朝誤妾期。
早知潮有信，嫁與弄潮兒。

瞿塘，瞿塘峽，是三峽之首，在當時商業中心夔州。賈，音古，經商的人。誤期，誤相約之期不歸。這自然引起閨怨。因怨而有下二句似不合理的奇想：要早知潮水漲退有規律，不如嫁給弄潮兒了。弄潮兒是潮水大漲時躍入水中游泳的人。篙師、舵工也稱弄潮兒。這一念頭把怨情寫得極為真切，很有民歌風趣。

寫情

水紋珍簟思悠悠，千里佳期一夕休。
從此無心愛良夜，任他明月下西樓。

珍簟是珍貴的竹席，上有如水的細紋。思悠悠是憂思綿綿。所以如此，因千里佳期一夜幻滅了。三四兩句說從此以後對良宵美景不感興趣，月下西樓也漠不關心了。

對這首詩有兩種解釋：一說詩為約會情人失約不來而寫；一說根據《霍小玉傳》（蔣防），李益在長安應試時，結識霍小玉，誓共偕老。益歸家省母，母親已為他訂了婚，小玉飲恨死了。這首詩似為霍而作。後一種解釋較好。

夜上受降城聞笛

回樂烽前沙似雪，受降城外月如霜。
不知何處吹蘆管，一夜征人盡望鄉。

受降城也就是回樂縣。在唐代，這裏是防禦突厥、吐蕃的邊塞前線，所以有報警的烽火臺。烽前就是臺前，一片沙漠，色白似雪。城外一片月色，潔白如霜。前二句將邊塞風光寫得美而淒涼。這時不知從何處傳來蘆管聲，引起征人普遍的鄉思，不待言，詩人也有同樣感受。全詩情景交融，樂聲彷彿是心曲的伴奏。

劉商（生卒年代不詳）

彭城（今江蘇徐州市）人。少好學，大曆進士，能詩善畫。

畫石

蒼蘚千年粉繪傳，堅貞一片色猶全。
那知忽遇非常用，不把分銖補上天。

這一首詩可能是題他自己的創作。頭二句描寫畫石的本身：一片古老堅貞的石頭，上面長滿了青苔，色彩經久而並未敗褪。這是以石比喻自己的性格。要明白下二句，我得先給你們講個神話。在遠古的時候，天上出現了一個大缺口，鬧得人心惶惶，以為大難臨頭。本來嘛，天上出現了大窟窿，誰知道會跑出甚麼妖魔鬼怪？光是從那裏漏水也不得了呀！幸而有位叫女媧的神，煉出五色石頭，把缺口補上了。這就是煉石補天的故事。以後人們常說的煉石補天，卻就是把亂糟糟的危險局面整頓好的意思了。詩人有一番治國平天下的宏願，但不被人重用，就比喻成煉好五色石，但一點也不用它補天，自然要發出悲嘆了。

送王永（二首錄一）

君去春山誰共遊？鳥啼花落水空流。
如今送別臨溪水，他日相思來水頭。

這是一首惜別詩，頭二句寫別後無人同遊春山，花鳥流水都引不起甚麼興趣了。這已經隱含別後相思之情。下二句明確說到如何排除：只有到昔日水邊話別的地方，重溫舊夢。語淺情深，寫法別致。

武元衡（七五八—八一五）

河南緱氏（今河南偃師緱氏鎮）人，建中四年（七八三）進士。做過宰相，又多年任劍南節度使。因力主討伐藩鎮，還朝被人遣刺客殺害。

春興

楊柳陰陰細雨晴，殘花落盡見流鶯。
東風一夜吹鄉夢，又逐東風到洛城。

詩寫春暮引起鄉思。東風吹起鄉夢，夢隨東風到了洛陽城。新雨初晴，楊柳、落花、流鶯、東風、鄉夢——現實同夢交融，意境耐人尋味。

渡淮

暮濤凝雪長淮水，細雨飛梅五月天。
行子不須愁夜泊，綠楊多處有人煙。

淮，淮河，源出河南桐柏山，流經安徽，在江蘇北部入洪澤湖。首句寫淮河水在傍晚時波濤有如積雪，次句寫五月梅子黃落，多雨，稱梅雨。這時候在外旅行的人容易感到愁悶。後二句勸慰行子不必為夜泊發愁，因為岸上綠楊深處有人家，是可以安心過夜的。

贈道者

麻衣如雪一枝梅，笑掩微妝入夢來。
若到越溪逢越女，紅蓮池裏白蓮開。

道者，大概是女道士。一二兩句實寫她的外形，她穿一身白色的衣裳，好像一枝白色的梅花。淡妝與濃妝相反，就是服裝雅素，微笑着入了詩人的夢境。這印象不因夢醒而淡漠，詩人卻把她懸想成紅蓮叢中的一朵白蓮。越溪是越國美女西施浣紗的地方。紅蓮自然指在那裏浣紗的越女。梅和白蓮給人的印象是美麗而純潔的，詩在讀者的心中引起的情操也應如此。

權德輿（七五九—八一八）

天水略陽（今甘肅秦安縣東北）人。十五歲時即編文為《童蒙集》十卷。多在朝任高官，也外出任職，最後因病回京，途中去世。

玉臺體（十二首錄三）

一

隱映羅衫薄，輕盈玉腕圓。
相逢不肯語，微笑畫屏前。

二

昨夜裙帶解，今朝蟢子飛。
鉛華不可棄，莫是藁砧歸？

萬里行人至，深閨夜未眠。
雙眉燈下掃，不待鏡臺前。

三

南北朝時期，南朝陳有位徐陵，把梁以前所謂艷詩選編為《玉臺新詠》十卷。這些詩又稱「宮體」，因為作者有帝王，也有些詩寫宮廷生活。後人擬作的詩即稱為「玉臺體」。

選詩第一首用幾個細節即勾畫出女子的嬌憨形態。

第二首寫從一些預兆中想到丈夫即將歸來。古代婦女以帶繫裙，帶結鬆開，往往認為是外出丈夫歸來的喜兆。蟢子，亦稱喜子，是一種長腳蜘蛛，在綢上動時好像是飛，也常被認為是喜兆。這兩件小事動了思婦的心，因有下面的猜想。鉛華是婦女敷面的粉，這句說還要修飾容貌。莫是，莫不是，疑問詞。藁砧是切草的砧石，切草用鈇，與夫同音，用作代稱丈夫的隱語。

詩既質樸，感情也是健康的。

第三首寫丈夫從萬里外歸來，妻子萬分驚喜，迫不及待，不到梳妝臺前照鏡，就在燈下匆匆畫了畫眉毛。妻子驚喜的神態寫得多麼生動！

覽鏡見白髮

秋來皎潔白鬚光，試脫朝簪學舞狂。
一曲酣歌還自樂，兒孫嬉笑挽衣裳。

到了秋天，看見鬚髮潔白，便脫去簪冠狂舞起來。（古人戴冠時，用簪將冠插入頭髮挽成的髻上。）一邊還高歌取樂，引得兒孫挽着自己衣服嬉笑。這首詩將老人不知老之將至，心情暢快，步履輕盈的神態寫得活躍紙上。

贈天竺靈隱二寺主

石路泉流兩寺分，尋常鐘磬隔山聞。
山僧半在中峰住，共佔青巒與白雲。

天竺和靈隱是西湖兩座寺院，這首詩別有風趣。

羊士諤（生卒年代不詳）

泰山（今山東泰安市）人。貞元元年（七八五）進士。

泛舟入後溪

雨餘芳草淨沙塵，水綠灘平一帶春。
唯有啼鵑似留客，桃花深處更無人。

前二句寫雨後沙淨水綠，春光明媚。後二句寫桃花盛開，無人觀賞，只有杜鵑啼聲可聞。環境如此幽靜，詩人的閒適心情自在言外。

郡中即事（三首錄一）

紅衣落盡暗香殘，葉上秋光白露寒。
越女含情已無限，莫教長袖倚闌干。

此詩一題作《玩荷花》，首二句寫荷花入秋殘落，只餘一點暗香，葉上還閃躍着露珠。這種景色易引起傷感。三四句寫越女已有遲暮之感，莫教她倚闌觀看這種景色，徒增悲傷了。有自慰自勉的意味。

孟郊（七五一—八一四）

湖州武康（今浙江德清縣）人。少隱嵩山，性情耿介。他與韓愈為忘年交，很為韓愈器重。蘇軾評他詩：「詩從肺腑出，出輒愁肺腸。」

古別離

欲別牽郎衣，郎今到何處？
不恨歸來遲，莫向臨邛去！

這首詩寫夫妻離別時，妻子向丈夫說出深藏在心底的憂慮，歸期遲了可以不恨，但不要另覓新歡，將她遺棄。意深情切，令人感動同情。

為甚麼怕他到臨邛去呢？這裏有一段歷史的故事。漢代的司馬相如客遊到臨邛（今四川邛崍縣），同卓文君相識相愛，歷代傳為佳話。這裏借用了這個故事，只表示希望丈夫不要喜新厭舊。

你們要知道，在封建舊時代，寡婦不能再嫁，不然就違反禮教，被人看不起。卓文君新寡，而毅然嫁了所愛的司馬相如，表明她明達而有勇氣。在舊封建時代，婦女遭遺棄是常有的事，這位婦女的憂慮不是無緣故的，詩人在詩中表示了對她的深厚同情。

歸信吟

淚墨灑為書，將寄萬里親。
書去魂亦去，兀然空一身。

以淚和墨寫信寄遠，情已夠深。靈魂隨信同去，就情深逾海了。設想十分新奇。

古怨

試妾與君淚，兩處滴池水。
看取芙蓉花，今年為誰死。

這首詩的構思十分奇特。他的詩中因怨因愛而寫到淚的很多，寫得好的也不少。但這首詩寫淚很別致。她要求丈夫同她一樣，把相思的淚水滴到水池裏面，看池裏的荷花為誰的淚枯死。不言而喻，誰的淚多，誰的淚更苦，誰就能致荷花死命，誰的相思情就更深。

李約（七五一—八一零？）

隴西成紀（今甘肅天水縣）人。唐宗室，棄官隱居。

觀祈雨

桑條無葉土生煙，簫管迎龍水廟前。
朱門幾處看歌舞，猶恐春陰咽管弦。

天旱到桑樹上沒有了葉子，地面的土乾成灰塵，一踏就像煙一樣飛揚，老百姓只好在龍王廟吹奏樂器，敬神求雨。朱門是紅漆大門，指的是有錢有勢的人家，卻怕天陰下雨，使樂器的弦受潮聲啞，影響他們歌舞的樂趣。

晁采（生卒年代不詳）

大曆時女詩人，有文采，性愛雲。少年時與鄰人文茂相約為夫妻。長大時，文茂寄詩表達情意，采用蓮子答謝。一個蓮子落到水中，花開並蒂，茂借此與采通款曲。她的母親知道了，以采嫁茂。當然，這段傳奇式的佳話未必是實有的。

子夜歌（十八首錄三）

一

儂既剪雲鬟，郎亦分絲髮。
覓向無人處，綰作同心結。

二

明窗弄五指，指甲如水晶。
剪之特寄郎，聊當攜手行。

三

醉夢幸逢郎，無奈烏啞啞。
中山如有酒，敢惜千金價！

子夜歌是樂府「吳聲歌曲」，相傳為晉時女子子夜所作，內容寫男女愛情，以後詩人多仿作。雲鬟為女子髮髻；分意也是剪。這表示男女已到成年。同心結是以髮相結，表示相愛，夫妻成婚稱為「結髮」。第三首三四兩句：傳說古代中山人狄希能釀千日酒，人飲後能醉千日。全首詩的意思是：喝酒醉了，夢見情人，但被烏鴉叫醒，無可奈何。如有中山人釀的千日酒，不惜用千金購買，以便千日在醉鄉與情人相會。這首詩很有子夜歌風趣。

陳羽（七五三—？）

江東（今江蘇南京市一帶）人。四十歲才中進士。他與韓愈有交往。

送靈一上人

十年勞遠別，一笑喜相逢。
又上青山去，青山千萬重。

靈一是詩僧，與張繼、皇甫冉等為詩友。上人是對僧的尊稱。勞是悲傷，言為十年遠別傷心。相逢一笑固然感到欣慰，但「青山千萬重」既表示惜別深情，也表示後會難期。含蓄見藝術技巧。

梁城老人怨

朝為耕種人，暮作刀槍鬼。
相看父子血，共染城壕水。

梁城，今河南臨汝縣。唐代中期以後，藩鎮割據，多方擴張自己勢力範圍，征兵互相屠殺。這首詩就是這種局面的縮影。

王涯（七六五？—八三五）

太原人。貞元八年（七九二）進士。做高官而對妻子情篤，不蓄妾。與人謀鏟除宦官集團，事敗被殺害。

秋思贈遠（二首錄一）

當年只自守空幃，夢裏關山覺別離。
不見鄉書傳雁足，唯看新月吐蛾眉。

這是一首懷念妻子的詩。「當年」是年輕；「只自」是獨自。整句的意思是說年輕的妻子獨自守在空房裏。第二句是寫自己夢中越過關山與妻子相會，但醒來知道二人仍在別離之中。三句寫古人相信雁足可以傳信，但不見家信傳來。末句說仰看新月，幻想是妻子的蛾眉。

秋夜曲

桂魄初生秋露微，輕羅已薄未更衣。
銀箏夜久殷勤弄，心怯空房不忍歸。

桂魄是月亮，相傳月中有桂樹。秋天微有露水，月亮剛剛上來，天氣已經有涼意。第二句寫詩中女人因為心事重重，羅衣雖薄，並不去換厚點的衣裳。為排除憂思，盡力彈箏。因為房裏空空，不忍回去。詩筆婉約，寫出無限纏綿情思。

閨人贈遠（五首錄一）

鶯啼綠樹深，燕語雕梁晚。
不省出門行，沙場知近遠。

綠樹深處黃鶯啼鳴，天色已晚樑間還燕語呢喃，這種暮春景色容易引起萬端思緒。後二句寫思婦懷念征人的深情，因為她雖不會出門遠行，但夢魂縈繞，心思離不開征夫，沙場遠近，也就了然於懷了。

遊春曲（二首錄一）

萬樹江邊杏，新開一夜風。
滿園深淺色，照在綠波中。

水邊萬樹杏花，顏色有深有淺，微風輕輕吹拂，花影在綠波中蕩漾——好一幅引人入勝的春景圖！

楊巨源（生卒年代不詳）

河中蒲州（今山西永濟縣蒲州鎮）人。貞元五年（七八九）中進士。

城東早春

詩家清景在新春，綠柳才黃半未勻。
若待上林花似錦，出門盡是看花人。

城東，指長安城東。上林，即上林苑，故址在長安西北。對詩人來說，清新幽靜的景色在早春最可愛。第二句寫得具體：柳報春最早，初春時嫩黃柳色，因在嚴冬之後，很引人注意。等到繁花似錦，遊人眾多，熱鬧代替了清幽，春光倒不免減色了。詩人的心情，我們是可以理解的。

令狐楚（七六六—八三七）

原籍敦煌，後遷宜州華原（在今陝西），又作咸陽人。貞元七年（七九一）中進士。與劉禹錫、白居易有交往。

長相思（二首錄一）

綺席春眠覺，紗窗曉望迷。
朦朧殘夢裏，猶自在遼西。

這是一首思念征夫的詩。首二句寫春夢剛醒，紗窗外天色還未大明。三四句寫在模模糊糊的殘夢裏，還以為身在遼河以西的地帶，丈夫駐防的地方呢。

韓愈（七六八—八二四）

南陽（今河南孟縣）人。貞元二年（七八六）中進士。因諫迎佛骨，被貶官。他是唐代古文運動的倡導者，與柳宗元齊名。

春雪

新年都未有芳華，二月初驚見草芽。
白雪卻嫌春色晚，故穿庭樹作飛花。

詩人盼望春天到來，但新年百花都未開，不免惆悵。忽然看見發青的草芽，知道春天終於快要到了，不免驚喜。這兩句將心情變化寫得已經細緻。三四句卻是奇妙的想像，以自己盼春的心情推想，白雪也嫌春天姍姍來遲，便穿過庭樹飄動下來，彷彿是春花怒放了。看到這種景色，春天已經到來的幻覺，也就很夠使詩人感到快慰了。

早春呈水部張十八員外（二首錄一）

天街小雨潤如酥，草色遙看近卻無。
最是一年春好處，絕勝煙柳滿皇都。

水部是官職，張十八員外是張籍。天街是皇城的大街，我們常說春雨如酥，一方面說它濕潤像奶油，一方面也說它富有使植物生長的養分。初春一下小雨，遠遠可以看到草芽已發綠，但色極淺，近看卻又似乎沒有了。這一句寫得極為微妙，既表達了詩人希望春天早到的心情，也表示他觀察仔細，文字表面平淡，詩意卻很濃厚。三四兩句再度說初春的景色最美，勝過「楊柳堆煙」的暮春季節。給人以新奇感的事物，往往更引人喜愛，也是心理常態。

晚春

草木知春不久歸，百般紅紫鬥芳菲。
楊花榆莢無才思，唯解漫天作雪飛。

這首詩寫的是晚春的圖景，這是容易看明白的。但是對三四兩句的解釋卻有歧義。頭二句說草本和木本植物都知道春天就要過去了，萬紫千紅爭相怒放。這是形象化的寫法，彷彿草木是有感情知覺的了。但暮春的景色中，除了色彩鮮艷的花之外，還有飛絮如雪的楊樹和形如錢幣的榆莢，不寫它們，圖景便不完全。既賦予其他草木以感情知覺，對它們沒有形色之美，而說它們「無才思」，是一種微妙的幽默感，同上兩句的寫法是和諧一致的。

盆池（五首錄一）

莫道盆池作不成，藕梢初種已齊生。
從今有雨君須記，來聽蕭蕭打葉聲。

用大瓦盆淺埋地面，養魚種荷，稱為盆池。詩的頭二句說盆池不難做成，種上一截藕梢就可以生出荷來。待到荷葉長大，便可以聽到雨打荷葉的聲音。從栽植就想到聽雨打荷葉聲的樂趣，同以上的詩聯繫起來，可以看出詩人對於自然界的一切是很敏感的。

風折花枝

浮艷侵天難就看，清香撲地可遙聞。
春風也是多情思，故揀繁枝折贈君。

詩的首句說鮮艷的花開得高入天空，仰頭也難看清。第二句說花香在地上只可以遠遠聞到。春風了解詩人欲向友人贈花的情誼，把花開得最多的花枝故意吹折了，讓詩人送給朋友。這首詩把對友人的深情寫得多麼委婉細緻！

張仲素（七六九—八一九）

河間（今河北合間縣）人。貞元十四年（七九八）中進士。工絕句。

春閨思

裊裊城邊柳，青青陌上桑。
提籠忘採葉，昨夜夢漁陽。

裊裊是形容柔長的柳枝在風中飄動，引起人折柳枝贈別的聯想。青青的桑樹點明婦女是採桑葉來的。柳桑的動態和顏色繪出了明媚春光的圖景。見景生情，回憶起昨夜夢漁陽，即夢見戍邊所在地的丈夫。漁陽是現今的河北薊縣，那時是邊塞要地。在恍恍惚惚夢境中，她把採桑葉飼蠶的事兒也忘記了。這把婦人日夜思念征夫的情懷委婉細緻地表達出來了。這首詩既有民歌的風趣，又有繪畫的特色。

春遊曲（三首錄一）

煙柳飛輕絮，風榆落小錢。
濛濛百花裏，羅綺競鞦韆。

頭二句寫暮春景色：柳絮紛飛，榆錢（莢）飄落。末二句寫百花叢中，婦女（羅綺代稱她們）競做鞦韆遊戲。情景交融。

秋閨思（二首錄一）

秋天一夜淨無雲，斷續鴻聲到曉聞。
欲寄征衣問消息，居延城外又移軍。

秋夜無雲，天高氣爽，鴻雁斷續夜鳴，直到天亮；天氣漸冷，自然想到要為征夫寄冬衣了。居延是邊塞古縣，故址在今甘肅額濟納旗地方，有軍隊駐守，這時丈夫又移駐他處，寒衣也無法寄去了。秋天終夜聞雁，思婦情緒已夠淒涼慘淡，移軍表示邊亂加劇，欲寄冬衣而不能寄，思婦的憂傷就更深化了。

張籍（七六八？—八三零？）

原籍吳郡（今江蘇蘇州市）人，遷居和州（今安徽和縣）。貞元十四年（七九八）進士。他的樂府詩通俗流暢，多述民間疾苦，絕句也自然清新。同王建是詩友。

秋思

洛陽城裏見秋風，欲作家書意萬重。
復恐匆匆說不盡，行人臨發又開封。

這首詩使我聯想到岑參的《逢入京使》中「馬上相逢無紙筆，憑君傳語報平安」。張籍詩所寫的情況更為常見，恐怕很多人都有這種經驗，例如「欲言不盡」，就是書信中常見的話。能將普通的經驗用樸實的文字表達出來，激動人心，是這首詩的藝術特色。

涼州詞（三首錄一）

邊城暮雨雁飛低，蘆筍初生漸欲齊。
無數鈴聲遙過磧，應馱白練到安西。

邊城即涼州，當時邊塞要地，首句寫傍晚鴻雁低飛，蘆筍是沼澤地帶所生蘆葦的嫩芽，可以吃，這時已漸漸生齊。這兩句描寫了邊城的荒涼景象。遠處卻有無數鈴聲可聞，是龐大的駱駝隊從沙漠中通過。想來該是馱漂白的熟帛到安西去。安西及周圍大片土地原屬唐朝，早被吐蕃族佔據，唐朝統治者和邊將並無收復失土的心，只苟且偷安，獻白練或以白練換取病弱馬匹。末句對此表示了極大的憤慨，雖然表示屈辱的只是一個細節。

王建（七六八？—八三零？）

潁川（今河南許昌市）人。大曆進士。出身貧寒，官卑至晚年還是貧困。他關心社會現實，所寫樂府在內容與風格上都有創新，與張籍的樂府同對白居易和元稹有很大影響。他所寫《宮詞》百首，與樂府就不能相比了。

新嫁娘詞（三首錄一）

三日入廚下，洗手作羹湯。
未諳姑食性，先遣小姑嚐。

新娘婚後三日到廚房做菜，是一種古代風俗。姑食性是指婆婆的口味。她愛吃甚麼，小姑——丈夫的妹妹，一般説對此是比較熟悉的。這首小詩用簡單的一件小事，寫活了一位賢淑細心的新嫁娘。

雨過山村

雨裏雞鳴一兩家，竹溪村路板橋斜。
婦姑相喚浴蠶去，閒着中庭梔子花。

頭二句寫山村景色，十分具體，沒有一個閒字：雨裏雞鳴，小溪修竹，曲徑板橋，一二人家，多麼幽靜美麗。三句寫一嫂一姑互喚去一同勞動，多麼情感融洽。末句用一個細節畫龍點睛，寫出農婦養蠶有多辛苦，連看看最喜種的梔子花都沒有工夫，更顧不到折來插在頭上了。

梔子花色白香濃，在我的故鄉農村是常見的，我對它很有好感，讀這句詩就覺得份外親切了。幾年前我居然買到一盆梔子花，蓓蕾很多，但未開放，可惜兩年後死去了。

寄蜀中薛濤校書

萬里橋邊女校書，枇杷花裏閉門居。
掃眉才子知多少，管領春風總不如。

薛濤是女詩人，時人稱她為女校書。萬里橋在四川成都南門外，薛濤晚年住萬里橋附近的浣花溪，掃眉才子意為有才華的女子；管領春風，在詩壇居首位。這首詩稱讚薛濤詩才出眾。

十五夜望月寄杜郎中

中庭地白樹棲鴉，冷露無聲濕桂花。
今夜月明人盡望，不知秋思落誰家。

杜郎中不知是何許人。詩的頭二句寫月夜景色。月光將庭院中的地照白了，烏鴉已經棲息在樹上，環境幽靜極了。露水無聲使桂花濕潤，散出清香。有人認為第二句寫詩人仰頭望月，在想像中見到月中的桂樹，引起豐富的神話聯想。第三句寫今夜人人都望月。第四句寫月光不知在誰家引起秋思，這秋思可能是思念遠人的相思，回憶往事的悲歡，或渴望故里的鄉愁。也有人認為詩題原有自註：「時會琴客」，所以秋思應為琴曲名；有人贊成這一說法，並補充說，「秋思」有雙關意義。我並不想同你們細談，不過從這裏可以說明一下「詩無達詁」的意思，也是讀古典詩的一點啟蒙常識。

春意（二首錄一）

去日丁寧別，情知寒食歸。
緣逢好天氣，教熨看花衣。

臨別千叮萬囑，約定清明節寒食歸來。天氣很好，相信丈夫會如約來家，所以教人熨好看花的衣服等待。夫妻情篤，意在言外。詩只寫一個細節，勝過煩瑣鋪敘，是絕句的藝術特色。

江南三臺詞（四首錄一）

揚州橋邊小婦，長安市裏商人。
三年不得消息，各自拜鬼求神。

江南三臺詞是樂府《雜曲歌詞》。小婦，少婦，有的本子即作少婦。

宮詞（百首錄二）

一

宮人拍手笑相呼，不識階前掃地夫。
乞與金錢爭借問，外頭還似此間無？

二

樹頭樹底覓殘紅，一片西飛一片東。
自是桃花貪結子，錯教人恨五更風。

第一首寫宮女見到掃地夫，雖不認識，仍含笑拍手，互相呼喚，並送錢給他們，爭問外邊的情況。一件小事便把她們與世隔絕的生活寫得清清楚楚了。

第二首寫宮女悲嘆自己的命運。頭二句寫抬頭看高枝，低頭看地下，都只見到將殘已殘的桃花，殘花飄落到地下各處。這兩句主要寫時光消逝，紅顏易衰，因被遺棄而感到悲傷。三四句更進一步寫桃花殘落，不能錯怪東風摧殘，而是因為桃花急欲結果，自己的命運就遠遠不如桃花了。詩寫得含蓄委婉，明白如話，而含意十分深刻。

這裏我順便給你們講一個故事。寫《宮詞》百首的王建，同當時有權有勢的宦官頭頭王守澄是同族，兩人關係不錯。一次二人對飲，王建有點酒意，說東漢靈帝信任宦官，殺正直大臣，結果東漢覆亡。王守澄聽了大怒，想奏明皇帝：王建大寫宮詞，洩露宮廷秘密，要重刑懲治。王建一聽到風聲很害怕，但心生一計，就先發制人，獻給王守澄一首詩，稱讚王如何長期受皇帝恩寵，參與宮廷機密大事，他自己寫的事是本家人向他說的，要不然他一個外人怎能知道皇宮裏的事呢？原句是：「不是當家頻向說，九重爭遣外人知」。王守澄更是有氣，但毫無辦法，只好把上奏皇帝想謀害王建的事作罷了。

宮人斜

未央牆西青草路，宮人斜裏紅妝墓。
一邊載出一邊來，更衣不減尋常數。

未央宮西牆外的「宮人斜」是埋葬宮人的地方。更衣原為宮人休息更衣之處，這裏指宮人，一邊把死的載出，一邊就用新人補足原數。

胡令能（生卒年代不詳）

貞元、元和間人。少年時為工匠，以後知書能詩，做了隱士。

詠繡幛

日暮堂前花蕊嬌，爭拈小筆上床描。
繡成安向春園裏，引得黃鶯下柳條。

日暮是富有詩意的黃昏時刻，含苞待發的嬌花這時更能引人入勝，爭拈小筆寫出她見景生情，激起了藝術創造的迫切願望，所以立刻上繡架去描繡屏風。她顯然因創作成功而很得意，便把繡好的屏風安放在春光明媚的花園裏面，引得黃鶯從柳條上飛下來，誤以為看到的是真花。屏風增添了園景的美，它精到能引得黃鶯下顧，就更顯得動靜結合，美又增添幾分了。

小兒垂釣

蓬頭稚子學垂綸，側坐莓苔草映身。
路人借問遙招手，怕得魚驚不應人。

一個頭髮蓬亂的孩子坐在有苔蘚的地面上學釣魚，他對向他提問的人不答話，因為怕將魚驚跑了。一件小事，隨手寫來卻頗有情趣。

劉禹錫（七七二—八四二）

原籍洛陽，遷居嘉興（今浙江嘉興市）。貞元九年（七九三）進士。早年與柳宗元，晚年與白居易交誼甚篤。他的詩比較長於抒情，所作《竹枝詞》《浪淘沙》富有民歌風味。

踏歌詞（四首錄二）

一

春江月出大堤平，堤上女郎連袂行。
唱盡新詞歡不見，紅霞映樹鷓鴣鳴。

二

新詞宛轉遞相傳，振袖傾鬟風露前。
月落烏啼雲雨散，遊童陌上拾花鈿。

月亮出來了，照着平坦的大堤，女郎們手拉手在大堤上行走。袂是衣袖，連袂就是攜手。她們盡興唱歌，但歌唱完了，卻不見自己的情人。最後一句既寫景又抒情，紅霞映樹何等美觀，但不見情人，徒增惆悵；鷓鴣雌雄對鳴何等好聽，但不見情人，更引悲戚！

踏歌是古代長江流域四川地區流行的民歌。唱時攜手用腳踏地擊拍。劉禹錫善仿民歌作詩，不失民歌風趣。

古代四川風俗，春季民間男女聚會歌舞，選意中人。所唱的歌多為即興作品，接唱成篇，邊唱邊舞。第二首的首句寫唱歌的情形，相傳就是下一人接着上一人唱。詩的第二句寫舞，振袖傾鬟寫舞姿。三句寫歌舞興盡，天已破曉。四句寫人去後落地的花鈿（金屬的髮飾）被遊童拾起。歌舞的狂歡情況，末一句就充份表達了。

竹枝詞（九首錄三）

一

山桃紅花滿上頭，蜀江春水拍山流。
花紅易衰似郎意，水流無限是儂愁。

二

瞿塘嘈嘈十二灘，人言道路古來難。
長恨人心不如水，等閒平地起波瀾。

三

城西門前灩澦堆，年年波浪不能摧。
懊惱人心不如石，少時東去復西來。

第一首詩以桃花春水比男女相戀之情，委婉地表達了年輕女子的單純而又不安的感情。頭二句描寫滿山紅桃花盛開，一江春水順着山邊流過，暗喻情深意長。三四句進一步以花易衰比男子情易變，以水長流比女子怕失戀的愁腸。

第二首詩是詩人對人情世態所發的感慨。詩人遭人誣陷打擊，被放逐二十多年，所以他的悲憤並不是無的放矢，容易引起讀者同情。他又不說抽象的空道理，而以瞿塘峽險灘的具體形象作比，使人毫無空洞之感。瞿塘峽是長江三峽之一，峽口原有「灩澦堆」，對航船最為危險，現已被炸掉了。

末一首也是寫人情世態的詩。這裏只提灩澦堆堅定不移，而人心卻只考慮利害而時東時西。當然，這種現象是有的，但看法極不全面。我們只引以為戒就是了。

竹枝詞（二首錄一）

楊柳青青江水平，聞郎江上唱歌聲。
東邊日出西邊雨，道是無晴卻有晴。

竹枝詞也是古代四川東部流行的民歌一種，這首詩也是依調寫詞，內容也寫少女愛情心理。首句寫景。第二句寫她聽到情人唱歌的聲音。第三四句用具體的晴雨和雙關語表達自己的心情：東邊晴表示對方有情，也愛自己；西邊雨表示猜疑，因為沒有明確的誓言。「晴」諧「情」，南方夏天常有東邊日出西邊雨的情況。在運用雙關語和表達純淨天真的感情上，都有民歌的特色。

浪淘沙（九首錄二）

一

濯錦江邊兩岸花，春風吹浪正淘沙。
女郎剪下鴛鴦錦，將向中流疋晚霞。

二

日照澄州江霧開，淘金女伴滿江隈。
美人首飾侯王印，盡是沙中浪底來。

第一首詩的頭二句寫的風景如畫：江水流動，兩岸鮮花被春風吹拂。三四句盛讚女郎既勤勞又技術精巧，摘下來有鴛鴦花紋的織錦，可以同晚霞比美。疋，通匹，有配、敵和比的意思。

第二首：澄，是不流動的清水，澄州是這樣水中的沙洲。日照霧開，是太陽剛上來的情景，表示天很早。江隈是江邊，滿表示從事淘金勞動婦女人數眾多。朝陽照耀清水中的沙洲，風景明媚，但她們不是為賞心悅目，而是為謀生來辛勤勞動的。這兩句和三四兩句一對照，說明淘金女勞動的成果，卻成了「美人首飾侯王印」，用這種形象的事物，就不會有空洞議論影響詩意的毛病了。

淮陰行（五首錄一）

何物令儂羨？羨郎船尾燕。
銜泥趁檣竿，宿食長相見。

淮陰，今江蘇清江市。作者說：「余嘗阻風淮陰作《淮陰行》，以裨樂府。」這首詩既受樂府詩影響，也不失樂府詩本色，託物抒情，淳樸自然。裨，音婢，增益的意思。這組詩寫的是淮陰水鄉生活和男女愛情。這裏所選的一首寫婦女送別丈夫，見到燕子而引起的情思。首句設問。二句自答：我所羨的是船尾燕子。三四句說明原因：燕子銜泥在船檣上築巢，食宿時都可相見，自己卻沒有這樣幸福。

楊柳枝

清江一曲柳千條，二十年前舊板橋。
曾與美人橋上別，恨無消息到今朝。

這首詩是重遊舊地，懷念久無消息的故人之作。首句寫一灣春水，兩岸有上千株柳樹，柳總有離別的聯想。二句只寫離別的時間和地點——板橋。第三句輕點一下就夠了。末句寫直到今朝毫無消息，與離別二十年一聯繫，就可見思念之久之深了。以精練的文字表現深刻真摯的情感，是絕句的藝術特色，這首詩極耐人尋味。

和樂天《春詞》

新妝宜面下朱樓，深鎖春光一院愁。
行到中庭數花朵，蜻蜓飛上玉搔頭。

唱和的詩一般內容相似，而寫法不同，古人作詩有這樣習慣。白居易的《春詞》：「低花樹映小妝樓，春入眉心兩點愁。斜倚欄杆背鸚鵡，思量何事不回頭？」愁的原因末句寫得明白，愁的姿態是兩眉雙鎖，背向鸚鵡，斜倚欄杆。劉詩不說明愁的原因，愁不形之於色，似乎更為含蓄委婉。「宜面」是所用脂粉對面容很適宜。「玉搔頭」是玉簪。「數花朵」寫出了百無聊賴的心情，形象地表現了愁。末句使人聯想起：「荷葉羅裙一色裁，芙蓉向臉兩邊開」。

同樂天登棲靈寺塔

步步相攜不覺難，九層雲外倚闌干。
忽然笑語半天上，無限遊人舉眼看。

詩寫登高豪興。正輝大概還沒有忘記，奶奶同我一九七九年同登泰山時，遊人驚問我們年齡的情況吧？若還記得，讀這首詩的體會，就要比正虹、正霞更深了。要欣賞詩，生活的經驗是很重要的。

望洞庭

湖光秋月兩相和，潭面無風鏡未磨。
遙望洞庭山水色，白銀盤裏一青螺。

洞庭湖在湖南岳陽。兩相和，湖光和月光相互輝映。潭面即湖面。鏡未磨，湖面風平浪靜，像未磨損的鏡面一樣。洞庭山即君山。古代常以螺髻比峰巒，青螺指君山山峰。月光下的湖山景色被描寫得和諧、寧靜，末句的比喻尤為美妙。

金陵五題（五首錄二）

一　石頭城

山圍故國周遭在，潮打空城寂寞回。
淮水東邊舊時月，夜深還過女牆來。

二　烏衣巷

朱雀橋邊野草花，烏衣巷口夕陽斜。
舊時王謝堂前燕，飛入尋常百姓家。

金陵，今江蘇南京市，曾為六朝都城。六朝指三國的東吳，晉代的東晉，南朝的宋、齊、梁、陳。石頭城故址在南京市西，石頭山後。首句故國指六朝故都，言周圍的山依舊存在。空城指石頭城，潮水來回打着空城，十分寂寞。這兩句寫山水如舊。淮水即秦淮河，流經南京城入長江。女牆，城上的短牆（城垛），上有射孔。三四句寫月牆依舊。六朝繁華已化為烏有，意在言外。

烏衣巷故址在秦淮河之南，朱雀橋橫跨秦淮河上，通往烏衣巷，橋上有謝安所建裝飾着兩隻銅雀的重樓。烏衣巷在孫吳時有身着烏衣的兵士戍守，故名。烏衣巷是東晉建國元勳王導和指揮淝水之戰的謝安的宅第所在地。詩的一二句寫朱雀橋邊野草開花，烏衣巷口夕陽斜照，富有歷史聯想，已寫盡昔日繁榮煙消雲散，今日景象滿目荒涼。詩人不接着直發感慨，因為這樣寫就索然無味了，而寫王謝堂前的燕子現在只棲息在平常的百姓家，以極平常的形象表達了極深刻的感受。這和上一首詩所運用的是同樣的藝術手法。

秋風引

何處秋風至，蕭蕭送雁群。
朝來入庭樹，孤客最先聞。

「秋風引」是樂府琴曲歌辭。季節更換，秋風初起，候鳥鴻雁南遷，是尋常事，一般人容易疏忽，不見不聞，但最容易引起孤客的鄉愁別恨，「最先聞」三個字就把這種心情寫活了。

秋詞二首

一

自古逢秋悲寂寥，我言秋日勝春朝。
晴空一鶴排空去，便引詩情到碧霄。

二

山明水淨夜來霜，數樹深紅出淺黃。
試上高樓清入骨，豈如春色嗾人狂。

人的性格不同，生活經驗各異，時節遷易自然會引起不同感受，不可能也不必強求一致。只要不是「為賦新詞強說愁」，傷春悲秋也有很好的詩。秋色「清入骨」固佳，「春色嗾人狂」也不一定就不好。我這樣說，並非否認劉禹錫所寫的是很有特色的好詩。你們若不笑我高攀詩人，「晴空一鶴排空去」，我不僅見過這樣的美景，而且並非出於抄襲（當時我還未讀過這首詩，或讀過已經忘記了），曾寫過一句類似的詩。

「排空去」一作「排雲上」。

第二首詩寫秋色引起的美感和寧靜情緒，也很自然真實，我也有親身體會。這樣的詩引起的情緒是健康的、樂觀的，使人心胸開朗。

崔護（生卒年代不詳）

博陵（今河北定縣）人。貞元十二年（七九六）進士。

題都城南莊

去年今日此門中，人面桃花相映紅。
人面不知何處去，桃花依舊笑春風。

關於這首詩，有這麼一段故事：崔護清明節到長安城南遊玩，見到一座莊園，花木繁茂，口渴叩門求水喝，一位女郎給他拿杯水來，請他坐飲，自己身倚桃樹站立，脈脈含情看望着他。崔對她很有好感。第二年崔再訪這個莊園，門關鎖着，崔在門上題了上面這首詩。故事可能是因詩而編造出來的，不過詩的內容無疑是詩人的生活經驗。詩似簡單敍事，但前二句寫與桃花人面（美麗的女郎）相遇，引起無限深情，後二句寫只見桃花仍在春風中逞艷，而人面卻杳無蹤影，惆悵之情難以言表，抒情的意味就十分濃厚了。

白居易（七七二—八四六）

下邽（在今陝西渭南縣境）人，在河南新鄭出生。貞元十六年（八零零）進士。曾任翰林學士，左拾遺，後貶江州司馬，又任過杭州、蘇州刺史等。他寫過不少諷喻詩，內容涉及社會政治重要大事，也寫過不少閒適詩，是唐代詩篇最多的人。他的詩平易通俗，傳誦最廣。

夜雨

早蛩啼復歇，殘燈滅又明。
隔窗知夜雨，芭蕉先有聲。

蛩，蟋蟀，晴時鳴，雨時歇。二句寫燈忽明忽暗。芭蕉有聲，所以知道下雨了。詩人的生活十分幽靜，雖然貶官江州（今江西九江市），心頭難免有點輕愁，對雨打芭蕉很敏感。

遺愛寺

弄石臨溪坐，尋花繞寺行。
時時聞鳥語，處處是泉聲。

遺愛寺在廬山香爐峰北，現已廢。這首詩寫詩人在鳥語花香中玩石聽泉，何等閒適！

大林寺桃花

人間四月芳菲盡，山寺桃花始盛開。
長恨春歸無覓處，不知轉向此中來。

大林寺遺址在廬山香爐峰附近高處，天氣比較冷，所以別處已經百花凋謝，這裏的桃花卻正盛開。「春歸無覓處」表現詩人惜春傷春的情思，意外在這裏見到桃花盛開，彷彿有舊友重逢一樣的驚喜。這樣感情是自然流露的，詩也寫得自自然然，毫無雕飾的痕跡。白居易主張詩要寫得淺顯易懂，婦女都能誦讀，他的許多詩都做到了這一點。

楊柳枝詞（八首錄二）

一

依依裊裊復青青，勾引春風無限情。
白雪花繁空撲地，綠絲條弱不勝鶯。

二

葉含濃露如啼眼，枝裊輕風似舞腰。
小樹不堪攀折苦，乞君留取兩三條。

依依裊裊，輕輕搖曳。青青，指柳色。白雪，柳絮。撲地，滿地。末句說柳條嫩弱，停不住黃鶯。

柳葉像含淚的眼，柳枝像起舞的腰。折柳惜別是古代習慣，末句祈求愛惜幼小的柳樹。

採蓮曲

菱葉縈波荷颭風，荷花深處小船通。
逢郎欲語低頭笑，碧玉搔頭落水中。

縈波，隨波浪迴旋。荷颭風，荷葉被風吹動。詩一二句寫荷池情況，荷花深處，僅通小船。三四句寫採蓮女遇到情人驚喜含笑，想說話而未開口，低下頭去，玉簪落到水中了。脈脈含情的少女形象活躍紙上。

暮江吟

一道殘陽鋪水中，半江瑟瑟半江紅。
可憐九月初三夜，露似真珠月似弓。

這首詩或是去杭州就任途中所作。頭二句寫傍晚時景色：斜陽在水面上閃光，水色半碧半紅，燦爛悅目。三四句寫夜景：一彎新月，照得草木上的露水明如真珠，可愛的九月初三夜晚呵，詩人發出讚嘆，引起讀者情景交融之感。

贈內

漠漠暗苔新雨地，微微涼露欲秋天。
莫對月明思往事，損君顏色減君年。

古代人稱妻子為內子或內人，詩題常簡稱內。漠漠，密密分佈很廣的意思。頭兩句寫景。新雨後滿地長滿了青苔，微風初涼的新秋天氣，是最容易生病並引起鄉愁的時候。下兩句抒情，囑咐妻子不要回想往事傷心，不然既易損容顏，也使人衰老得快。由思念轉為勸慰，是體貼入微的地方。

邯鄲冬至夜思家

邯鄲驛裏逢冬至，抱膝燈前影伴身。
想得家人夜深坐，還應説着遠行人。

邯鄲，今河北邯鄲市。驛，驛站，途中休息換馬的地方。冬至在唐代是重要的節日，像新年一樣隆重慶祝，家人團聚。這時詩人抱膝對燈危坐，只有自己的身影做伴，不能不油然生起思家之念。然而不明說，三四句一轉寫到家人夜深不睡，在思念自己未能回家，感情就更為深入，留下給讀者想像的內容也更為豐富了。

問劉十九

綠螘新醅酒，紅泥小火爐。
晚來天欲雪，能飲一杯無？

劉十九的生平我們不知道，顯然是白居易的近鄰好友。白的朋友劉禹錫有時被稱為劉二十八，劉十九也可能是他的本家。「螘」是「蟻」的本字，綠蟻是釀而未過濾的酒，上面浮渣像蟻微綠。這首詩寫的是小小主題，文字也極淺顯，為甚麼很被許多人喜愛呢？因為它所寫的是樸素生活片斷，欲雪的傍晚和小小火爐很家常，給人一種溫暖的感覺，詩更洋溢着溫暖人心的友情。在欲雪的黃昏，與知己對坐小飲談心，是人人羨慕而未必能享受到的幸福，或者是這首詩受人歡迎的原因吧。

夜雪

已訝衾枕冷，復見窗戶明。
夜深知雪重，時聞折竹聲。

這首小詩寫得很靈活別致：覺衾冷，見窗明，聽竹折，三個細節既寫了夜雪，也寫了詩人的內心感受。

同李十一醉憶元九

花時同醉破春愁，醉折花枝作酒籌。
忽憶故人天際去，計程今日到梁州。

李十一是李建，是白居易和元稹的朋友。酒籌是飲酒計數的籌碼，行酒令時的籤條也叫酒籌。元稹到四川台縣去辦公事，白居易與李建在長安同遊慈恩寺，一邊飲酒，一邊思念離開的朋友，就寫了這首詩，想到他該到梁州了。最後一句把思念具體化了，表現的感情十分自然真切。

關於這首詩，有一個有趣的故事。白居易在詩中估計，他的朋友元稹某日到梁州，不僅日期對了，元還在同天做了一個夢，夢與白居易、李十一同遊曲江和慈恩寺諸院，還寫了一首詩：「夢君同繞曲江頭，也向慈恩院院遊。亭吏呼人排去馬，忽驚身在古梁州。」估計的日子和實到的日子相同；白李實遊的地方和元夢遊的地方相同，人也相同；兩人的詩所用的韻部又相同——這些巧合實在令人十分驚異！名勝地曲池和慈恩寺是他們同遊過多次的，他們有深厚真摯的友誼，大概是這些巧合的基礎。

東城桂（三首錄一）

遙知天上桂花孤，試問嫦娥更要無？
月宮幸有閒田地，何不中央種兩株？

嫦娥原是后羿的妻子，偷吃了仙丹，奔上月宮，這神話你們是早就聽説過的了。吳剛砍月中的桂樹，還有小白兔在一旁窺看，你們在月夜不是有時看到過嗎？不知你們可有過詩人的妙想，問問嫦娥要不要在月宮中再種兩株桂樹？現在人可以在月宮登陸了，你們可以寫一封信給嫦娥，請她答覆詩人提出的問題。她既服過仙藥，我想她一定還健在。

鄰女

娉婷十五勝天仙，白日姮娥旱地蓮。
何處閒教鸚鵡語，碧紗窗下繡床前。

娉婷，美好。姮娥即嫦娥。上二句寫鄰女貌美。後二句寫鄰女的活動。白描出天真無邪的少女形象。

夜箏

紫袖紅弦明月中，自彈自感暗低容。

弦凝指咽聲停處，別有深情一萬重。

紫袖，寫彈箏人的服裝，代表彈箏的人。紅弦指箏。首句所寫的是一個美妝的女子在月光中彈箏。第二句寫彈箏人的內心感受和黯然神傷的容貌，讀者不難想像出她的悲酸史。第三句寫彈箏人手指暫停撥弦，樂聲短時停止，但是這一停卻表現出無限深情。這正是《琵琶行》中所寫的「別有幽愁暗恨生，此時無聲勝有聲」。

浪淘沙（六首錄一）

借問江潮與海水，何似君情與妾心？
相恨不如潮有信，相思始覺海非深。

詩的頭二句是以女子的口吻設問；後二句自己作答：怨的是離別的丈夫不如潮水有信，沒有按時歸來，而自己對丈夫的相思與海水相比，後者並不比前者深。

薛濤（七八五？—八三二）

長安（今陝西西安市）人，其父到蜀中做官，隨往。後來她父親病故，因家貧淪為歌伎。韋皋鎮蜀，她常出入幕中，當時人稱她為女校書。有才華，常與詩人元稹等唱和。她親製深紅小彩箋，人稱薛濤箋。而今成都尚有薛濤井，傳說是她製箋汲水處。我曾去參觀過，可信的程度就難說了。

送友人

水國蒹葭夜有霜，月寒山色共蒼蒼。
誰言千里自今夕？離夢杳如關塞長。

水國，多水的地方，等於澤國。蒹，沒有長穗的蘆葦。葭，初生的蘆葦。你們知道，中國有一部最早的詩集《詩經》，裏面有一首詩就題為《蒹葭》，其中有這幾句詩：「蒹葭蒼蒼，白露為霜，所謂伊人，在水一方。」《送友人》頭二句就是從這幾句詩化出來的，寫別友時的景色：天寒有霜，月光照耀着山和水上的蘆葦，一片蒼蒼。末二句有不同的解釋，我們採取一種：誰說從今晚起，我們就相隔千里呢？離別的夢魂無影無聲，一直會追隨到你所要去的遙遠關塞！

春望詞（四首錄一）

花開不同賞，花落不同悲。
欲問相思處，花開花落時。

歡樂或悲哀的時候，願意有親人在一處，是人情之常。這首小詩淺顯易懂，借花開花落常見景象表達這種常態心理。

籌邊樓

平臨雲鳥八窗秋，壯壓西川四十州。
諸將莫貪羌族馬，最高層處見過頭。

籌邊樓是大和四年（八三零），李德裕任劍南西川節度使時所建。李曾從吐蕃（即羌族）收復大片領土，籌邊樓的興建主要是為軍事防守。樓的舊址在成都西郊。詩的首句寫樓高，既入雲霄，又達到鳥飛的高度。二句寫的西川四十州指兩府三十八州，樓高氣象雄偉，可以俯瞰這些地方，起鎮亂作用。可是李德裕調離後，漢軍將軍有時掠奪羌族馬匹或殺害羌人，引起戰亂，而又無力防守。詩的三四句勸誡將領莫再掠劫，因為從樓的最高處已經可以看到邊城烽火，連成都也受到戰亂的威脅了。薛濤寫這首詩時已經年近古稀，可是她還關心時事和人民的安危，這是難能可貴的。

李紳（七七二—八四六）

無錫（今江蘇無錫市）人。元和元年（八零六）進士。曾作《樂府新題》二十篇，白居易和元稹都有詩唱和，成為當時風氣。可惜李詩已佚。

憫農二首

一

春種一粒粟，秋收萬顆子。
四海無閒田，農夫猶餓死。

二

鋤禾日當午，汗滴禾下土。
誰知盤中餐，粒粒皆辛苦。

餐或作飧，讀孫，意為「熟食」。

唐代的農業技術雖然還不算高明，但全國沒有荒蕪不種的土地，農民應該能吃飽飯，餓死當然只是統治階級苛徵暴斂的結果。至於盤餐粒粒都是農民辛勤勞動的收穫，似乎直到現在還不大被一些人所了解或重視。前些天報紙上不是還說，在有些大學的食堂裏，糟蹋糧食的現象還十分嚴重嗎？李紳的詩以一粒種子變為萬顆米麥，農民在烈日下勞動流汗的具體事實讚揚勞動人民，譴責那些不勞而食，還糟蹋糧食的人，既有思想性，也有藝術性，我們讀起來，仍然很能得到教益。

郤望無錫芙蓉湖

丹桔村邊煙火微，碧流明處雁初飛。
蕭條落日垂楊岸，隔水寥寥聞搗衣。

郤望，回頭看。芙蓉湖在江蘇無錫市西北。全詩只淡淡寫故鄉景色，但含蘊地表達了懷鄉之情。

呂溫（七七二—八一一）

一說他是河中（今山西永濟縣）人，一說他是東平（今山東泰安縣）人。貞元十四年（七九八）進士。劉禹錫和柳宗元都是他的朋友，他們都有才華。他贊成革新，失敗後，因出使吐蕃被扣留過，未遭貶謫。以後仍然被忘被貶，死於任所。

戲贈靈澈上人

僧家亦有芳春興，自是禪心無滯境。
君看池水湛然時，何曾不受花枝影。

這首詩題為「戲贈」，很有風趣。一般僧人持出世態度，但對大自然在春季展現的風光，並不是漠然，所謂「無滯境」。三四句的形象比喻很富詩情。

貞元十四年旱甚見權門移芍藥花

綠原青壟漸成塵，汲井開園日日新。
四月帶花移芍藥，不知憂國是何人。

貞元十四年即公元七九八年，關中大旱，史書未加記載，唯呂温及韓愈詩中提及。權門是權貴人家。唐代將牡丹稱為芍藥花。綠色的平原和青色的耕地都漸漸因旱變成塵土了，農民天天汲井水灌溉，並開墾園圃。但是權貴人家卻移植剛要開花的芍藥，哪還有誰為國事憂心呢？詩諷刺統治者只顧自己享樂，不關心民生。

柳宗元（七七三—八一九）

河東（今山西運城）人。貞元九年（七九三）進士。貞元末為革新派王叔文所引用，王失敗，貶永州司馬，遷柳州刺史。主張文體革新，散文與韓愈齊名。

零陵早春

問春從此去，幾日到秦原？
憑寄還鄉夢，殷勤入故園。

零陵，今湖南零陵縣，隋時為零陵郡，唐時改為永州。春天從永州出發，幾天能夠到長安地區？請春將自己的鄉夢，殷勤帶回故園。詩婉約表達希望從貶謫地返回長安。

與浩初上人同看山寄京華親故

海畔尖山似劍鋩，秋來處處割愁腸。
若為化得身千億，散上峰頭望故鄉。

浩初是潭州（今湖南長沙市）人。和尚，敬稱為上人。京華親故，長安的親友。詩寫於柳州，地較為近海，海畔形容其地偏遠，山當在柳州附近，峰尖似劍，所以能割愁腸。怎麼樣能將自身分割為千億個，散佈在諸峰頂上看望故鄉呢？思鄉情切，同上一首詩一樣，不過幻想卻更為奇特了。

酬曹侍御過象縣見寄

破額山前碧玉流，騷人遙駐木蘭舟。
春風無限瀟湘意，欲採蘋花不自由。

酬……見寄，答謝寄詩。侍御，侍御史官名簡稱。象縣，今廣西壯族自治區象縣。破額山，今不可考，當是象縣附近靠近柳江的山。碧玉流，指流過山前澄清如碧玉的江水。屈原作《離騷》，後人稱他為「騷人」，以後即為詩人之意，這裏指曹侍御。遙駐木蘭舟，即停下所坐的船。傳說魯班曾刻木蘭為舟，因此木蘭舟成為船的美稱，是指上好木頭所做的船。第三句比較難懂，因為是化用柳渾《江南曲》詩意，詩寫懷念久別情人，而實際已絕無相見機會，有典故的性質。騷人，屈原常在那裏行吟的瀟湘地方，屈原的不幸遭遇，都結合柳宗元自己的貶謫，引起無窮聯想。採花相送是古人用以表示感情的習俗，但柳宗元因為被貶謫遠地，還時遭人誹謗，恐牽連友人，所以連見面送花的自由也沒有了。

江雪

千山鳥飛絕，萬徑人蹤滅。
孤舟蓑笠翁，獨釣寒江雪。

這首詩大概是柳宗元貶謫到永州（今湖南零陵縣）時做的。他以後還被貶謫到更遠的柳州。對一個唐代官吏來說，被貶謫到邊遠地區是一大不幸，一部份因為自己生活艱苦，但更多是因為不能施展自己的政治理想和抱負。詩人的心情當然很不愉快，但是他有極為堅強的性格、極為崇高的理想，不消極，不悲觀，還盡力為人民做些好事，所以人民一直懷念他。你們看，鳥飛絕，人蹤滅了，環境是夠淒清的了。但在寒雪中一位老翁巍然不動，坐在孤舟上獨釣！這形象不是令人肅然起敬嗎？

元稹（七七九—八三一）

河南河內（今洛陽市附近）人。貞元十年（七九四）進士。他與白居易友善，常相唱和，人常以「元白」並稱。

行宮

寥落古行宮，宮花寂寞紅。
白頭宮女在，閒坐說玄宗。

行宮即洛陽行宮上陽宮，天寶末年，許多宮女被送到這裏，孤獨地變成「白頭宮女」。詩的頭兩句寫行宮荒涼，紅花寂寞，已寓盛衰之感。三四句寫宮女生活寂寞無聊，閒話玄宗時代軼事，一以自遣，一以吐露內心悲戚。宋洪邁在《容齋隨筆》中說這首詩「語少意足，有無窮之味」，是說得很對的。

六年春遣懷（八首錄二）

一

檢得舊書三四紙，高低闊狹但成行。
自言併食尋常事，惟念山深驛路長。

二

伴客銷愁長日飲，偶然乘興便醺醺。
怪來醒後旁人泣，醉裏時時錯問君。

元稹元配妻子韋叢是元和四年（八零九）去世的，這是悼念她的組詩，元和六年（八一一）所寫。這時元稹被貶官在江陵，處在這種孤苦的地位，回想起夫妻恩愛生活。這第一首詩是說翻閱舊信，就直抒胸懷寫詩。前二句描寫舊信高高低低，行寬行窄；後二句寫的是內容：她說自己節食度日，覺得平平常常，更為關心的是丈夫在遙遠的深山驛站，生活一定十分艱苦。文字十分淺顯，只是一個生活細節，所表現的感情卻很深摯。

次首詩首句寫借酒消愁，愁就是懷念亡妻的悲痛。第二句寫因為心有所感，偶然也喝醉。從下句可以看出這裏也蘊含着伴飲朋友的同情。第三四句寫醉裏還呼喚亡妻的名字，彷彿她還活着，可見相愛之深，平時在心裏悶積着，現在才有機會發作，無怪旁邊的人感動得哭泣了。全詩沒有明表自己悲哀的字，只寫醉中呼名，旁人哭泣，這種簡練含蓄的寫法，比明鋪直敍更有感動人的力量。

離思（五首錄一）

曾經滄海難為水，除卻巫山不是雲。
取次花叢懶回顧，半緣修道半緣君。

這也是悼念亡妻韋叢的詩。滄海的水既廣且深，經歷過它的人，就不把別的水放在眼中了。巫山的雲，據傳説為神女所化，極為美麗，見過它的人就看不中其他的雲了。這兩句詩隱喻詩人夫妻的愛情既深且美。第三句寫偶在花叢漫步，懶得回頭看望花朵，也就是見了別的女子也不動心。四句説明不動心的原因：學佛學道提高道德修養，對於亡妻念念不忘。

夢成之

燭暗船風獨夢驚，夢君頻問向南行。
覺來不語到明坐，一夜洞庭湖水聲。

元和九年（八一四）元稹赴長沙，途中寫了這首悼念亡妻韋叢的詩。風吹燭暗，獨自在船上做了一個夢，夢到亡妻詢問他南行情況，醒來默默坐到天明，終夜聽着洞庭湖水聲。夢醒獨坐，默聽濤語，深刻地表達了懷念深情。

聞樂天授江州司馬

殘燈無燄影幢幢，此夕聞君謫九江。
垂死病中驚坐起，暗風吹雨入寒窗。

我們已經講到過，白居易貶官任江州（今江西九江市）司馬（輔助刺史的低賤小官）。這是他直言進諫的結果。

影幢幢，是燈影搖晃不定。這一句和末一句寫得消息當時和剛聽以後的周圍情況，慘淡淒涼。中二句寫得消息時的內心感受，感慨悲傷，而這種心情只用「垂死病中驚坐起」一件具體行動表達，既含蓄而又生動。

得樂天書

遠信入門先有淚，妻驚女哭問何如。
平常不省常如此，應是江州司馬書。

接書就流淚，自然預示有不吉的事，所以妻子驚異，女兒哭問。使全家不安的，原來是江州司馬來了信。前面說過白居易貶官任江州司馬。元稹聽到這個消息，曾寫詩寄白表示悲傷慰問。這裏所說的書，就是白接此詩後給元寫的信。

白元的詩都是抓住一件平常具體事件信手寫來，絲毫不加雕琢，而真摯感情自然流露。

嘉陵江（二首錄一）

千里嘉陵江水聲，何年重繞此江行？
只應添得清宵夢，時見滿江秋月明。

文字淺顯，你們容易懂，不過感情，你們恐怕就不容易體會了。我先講點自己的經驗，你們權當故事聽吧。我從淪陷的北平逃出後，先到嘉陵江畔北碚復旦大學教書，慢慢恢復了散步的習慣，便常沿着江岸散步，一天看着緩緩流動的江水，口占一首絕句，其中一句「斜陽帆影戀碧流」，就是寫嘉陵江的。抗戰勝利後回鄉時，坐長途汽車順嘉陵江岸顛簸前進，旅客們都怕翻車落到江裏，我卻「笑看嘉陵波濺珠」。我時時想舊地重遊，但總未能實現。我讀這首詩特別覺得親切，同這點經驗很有關係。

賈島（七七九—八四三）

范陽縣（今河北涿州市）人。早年曾為僧，法名無本。後以詩進謁韓愈，韓勸他還了俗。島以苦吟著稱，自成一家風格。

尋隱者不遇

松下問童子，言師採藥去。
只在此山中，雲深不知處。

這首小詩實際是用問答體寫的，首句問得明確，二三四句一步一步深入的答話隱含問語，這樣寫，文字精練，表達訪問人對隱者的感情也逐漸深化：採藥外出，意欲尋求，而只知在此山中，卻又不知確在何處，令人無限惆悵。山既深幽，隱者又過着遠離塵囂的生活，就意在言外了。

口號

中夜忽自起，汲此百尺泉。
林木含白露，星斗在青天。

口號是口占的意思，意為不假思索，隨興寫來。這類詩的內容往往只是一個生活細節或瞬間的感受。

楊敬之（生卒年代不詳）

元和初年進士，在當時是個有地位的人，僅存詩兩首。

贈項斯

幾度見詩詩總好，及觀標格過於詩。
平生不解藏人善，到處逢人説項斯。

這首詩一直為人傳誦，因為表現了他的愛才敬賢的崇高品質。

項斯（生卒年代不詳）

江東人，開始並無人知道他。楊敬之既愛他的詩，也更愛他的為人，贈了他上一首詩。項的科舉及第，與楊的推崇不無關係。項斯的詩，看來並無特殊才華。我們在這裏順便選讀一首：

江村夜泊

日落江路黑，前村人語稀。
幾家深樹裏，一火夜漁歸。

不過他的標格（風度和品德）更被楊敬之賞識稱讚。兩個人都很令人欽佩。

首句「日」又作月。

劉采春（生卒年代不詳）

淮甸（今江蘇淮安淮陰一帶）或越州（今浙江紹興）人，伶工周季崇之妻，歌唱為元稹所賞識，元有《贈劉采春》一詩。

囉嗊曲（六首錄二）

一

不喜秦淮水，生憎江上船。
載兒夫婿去，經歲又經年。

二

那年離別日，只道住桐廬。
桐廬人不見，今得廣州書。

《囉嗊曲》，又稱《望夫歌》，有盼遠人歸來之意。秦淮即秦淮河。生憎，最憎恨。兒是少婦自稱。夫婿，丈夫。

桐廬，今浙江桐廬縣。離別時只說去桐廬，來信卻從廣州寄出，怨丈夫行蹤不定，越走越遠。

兩首詩語言樸實，富有民歌風味。據說劉采春唱此曲時，聽的人往往泣不成聲。

李賀（七九零—八一六）

福昌（今河南宜陽縣）人。他雖少時即以樂府知名，卻處在政治腐敗的情況下，生活貧困不堪。詩能反映社會情況，絕句尤多不平之鳴。意境風格別樹一幟。

馬詩（二十三首錄二）

一

大漠沙如雪，燕山月似鈎。
何當金絡腦，快走踏清秋。

二

武帝愛神仙，燒金得紫煙。
廄中皆肉馬，不解上青天。

大漠，沙漠。沙被月照，色白如雪。燕山，燕然山。月是新月，形如鈎，此處是指一種武器（彎刀）。二句實寫塞外戰場情況，引起下兩句：甚麼時候可以配上金絡腦（金製的馬籠頭），新秋在沙場上奔馳呢？大漠燕山當指幽州薊門一帶，是藩鎮為禍最兇的地方，所以詩有現實感。

漢武帝（借指唐帝）好神仙，想以煉金術煉出長生不老的丹藥，結果只冒幾股紫煙就完了。廄中所養的馬都是平凡的馬，不能像天馬一樣，有上天的本領。這是比喻唐統治者不能用人唯賢，當權者都庸庸碌碌，尸位素餐，把國家治理得一塌糊塗。這也是針對現實的諷刺詩。

南園（十三首錄三）

一

尋章摘句老雕蟲，曉月當簾掛玉弓。
不見年年遼海上，文章何處哭秋風。

二

長卿牢落悲空舍，曼倩詼諧取自容。
見買若耶溪水劍，明朝歸去事猿公。

三

花枝草蔓眼中開，小白長紅越女腮。
可憐日暮嫣香落，嫁與春風不用媒。

南園是李賀福昌昌谷故居讀書的地方。尋章摘句，讀書時只搜尋摘取文章詞句。雕蟲，古人指作文賦詩為雕蟲小技，是謙語。首二句說一輩子讀書學雕蟲小技，直到破曉的下弦殘月像玉弓一樣懸在簾前。三句的「遼海」指唐代河北道屬地，那時藩鎮兵變，憲宗多次討伐皆敗。在這種情況下，唐統治者重武輕文。文士無用武之地，無處用文章「哭秋風」。也就是對時事表示悲痛，並抒發自己的感慨。

第二首詩既運用了典故，又運用了神話，二者都運用得很靈巧，達到了用藝術手法論世述懷的雙重目的。長卿是司馬相如的字，雖然富有文學才華，卻終生窮困潦倒（牢落），家徒四壁（空舍）。曼倩是東方朔的字，為不敢得罪漢武帝，出言只採取詼諧態度，自保其身。李賀用他們的情形自況。見買，打算買。若耶溪水劍，用了一個神話：相傳春秋時越王勾踐途中遇一老翁，自稱袁公，勾踐讓他與一善舞劍的女子用竹竿比比劍術，比後袁公飛到樹上化為白猿。他的劍術很高明。關於若耶溪（在浙江紹興境內）劍，也有一個傳說：春秋時，有個歐冶子，用若耶溪水底的銅鑄劍，鋒利著名。這兩句是述懷：打算買一柄若耶溪水劍，明天去向袁公學習劍術，也就是要棄文習武。壯志難伸，慷慨而不失豪爽。

末一首詩表示惜花、傷春，也抒寫內心的傷感。一二句寫園中木本和草本的花盛開，顏色紅多白少，像越女的腮一樣美麗。三四句寫可惜到了傍晚，鮮美的花朵（嫣香）都落盡了。第二句將盛開的花比作越女，落花已紅色衰敗，嫁不用媒，只好一任春風擺佈了。少壯懷才不能發揮作用，時光飛逝，不就是像落花一樣嗎？

盧仝（七九五？—八三五）

范陽縣（今河北涿州市）人。韓愈愛他的詩，詩多諷刺時政，掊擊宦官。後因宿宰相王涯家，因「甘露之變」被殺害。

山中

饑食松花渴飲泉，偶從山後到山前。
陽坡軟草厚如織，因與鹿麛相伴眠。

陽坡，向陽的山坡。厚如織，草厚像褥。麛，音迷，小鹿。詩寫隱居閒適生活。

劉叉（生卒年代不詳）

河朔（今河北一帶）人。性剛勇，因酒殺人亡命，被赦才折節讀書。後投韓愈，因與客爭，出走不知所終。

姚秀才愛予小劍因贈

一條古時水，向我手心流。
臨行瀉贈君，勿報細碎仇。

首句把劍比作水，古時水即古劍。第二句因而用「流」寫劍光閃閃。三句的「瀉」也從水的比喻來，瀉贈就是贈劍。末句勉勵友人莫因小事而用劍報仇，言外要他殺巨奸或建大功。

偶書

日出扶桑一丈高，人間萬事細如毛。
野夫怒見不平事，磨損胸中萬古刀。

扶桑，神樹名，相傳太陽從那裏出來，詩首句寫日出。第二句寫太陽一出，人間就多事了。野夫，在野的人，不任官職的人，是詩人自稱。不平事泛指一切壞現象，上自腐敗朝政，下至人間邪惡。末句寫得十分痛切奇特：他看到這些惡劣現象不能有所作為，心中的正義感和除惡的壯志無法伸展，像古劍一樣被磨損了。

施肩吾（生卒年代不詳）

洪州（今江西南昌市），一說睦州分水（今浙江桐廬西北）人。元和十年（八一五）進士。隱居洪州西山。

幼女詞

幼女才六歲，未知巧與拙。
向夜在堂前，學人拜新月。

這首詩借拜新月一件小事，寫幼女天真憨態，景真情真，詩的風格純樸自然，同幼女姿態一樣引人喜愛。向夜，天傍晚。拜新月，古代婦女見新月禮拜，私訴心願或祈福。

望夫詞

手爇寒燈向影頻，回文機上暗生塵。
自家夫婿無消息，卻恨橋頭賣卜人。

爇，點燃。向影頻，常常顧影自憐。回文機，織回文錦的織機。回文，詩詞字句迴旋往返閱讀，意義都可以通，有時這種詩可以織在錦上，寄人以表相思。機上生塵，因久已不用。丈夫沒有消息，並不責怪他，卻恨賣卜人算卦不靈。這種遷怒別人的情形是生活中常有的，表達了因思深問卦，賣卜人討好安慰，結果更為失望等一連串心理情態，使抒情色彩貫通全篇。

夜笛詞

皎潔西樓月未斜，笛聲寥亮入東家。
卻令燈下裁衣婦，誤剪同心一片花。

東家，東邊的鄰家。燈下裁衣婦聽到笛聲，思念遠戍邊疆的丈夫，錯誤地剪出表示恩愛的同心花。這首詩構思奇特，不落俗套。

喜友再相逢

三十年前與君別，可憐容色奪花紅。
誰知日月相催促，此度見君成老翁。

老友重逢自然可喜，但歲月使人衰老又不免可悲。喜悲的感情都是很真摯的，詩如實寫出，平易而有感染力。

張祜（?—八五九）

清河（今河北清河縣）人，一說南陽（今河南南陽縣）人。令孤楚表薦他，但元稹阻止，因歸隱。

宮詞（二首錄一）

故國三千里，深宮二十年。
一聲《河滿子》，雙淚落君前。

這首詩有幾個小故事，我給你們講講吧。「河滿子」原來是個歌者的名字，據白居易在一首詩的自註中說，他在臨刑時請用此曲贖死，皇帝未准。但歌曲卻傳下來了，還有以「河滿子」命名的舞曲。另有一個故事說，唐武宗病得要死時，歌伎孟才人得到允許，為他唱《河滿子》，不料她氣絕身死。又一說是，武宗想要她殉葬，她唱《河滿子》時突然死去了。

詩中的故國是故鄉的意思，離宮廷有三千里，她被選入深宮已經有二十年之久了。離鄉遠，入宮久，她的生活一定很悽慘，她的心情一定很悲痛。一唱歌就聲淚俱下，不用其他文字描寫，她的全部悲慘生活史也就夠引起讀者的悲嘆了。

贈內人

禁門宮樹月痕過，媚眼惟看宿鷺窠。
斜拔玉釵燈影畔，剔開紅燄救飛蛾。

此處「內人」，意為「宮女」。表面看來，她的生活還很閒適，並無甚麼可怨之處似的，月下看看鳥巢，拔釵救救飛蛾。但是略一想想，她住在門禁森嚴的宮廷裏面，在黯淡的月光下，無事可做，無景可觀，無人可談，冷冷清清，看看窠裏的鳥，不免聯想到家和伴侶，感到自己的孤獨寂寞。進到屋裏，看見飛蛾撲火，不免聯想到自己的命運和處境，出於同情，拔釵救牠，是一種可憐的自我安慰，這就比直接描寫宮怨的詩更有韻味了。

楊花

散亂隨風處處勻，庭前幾日雪花新。
無端惹着潘郎鬢，驚殺綠窗紅粉人。

柳絮被風吹飛各處，庭院裏彷彿鋪了一層白雪。有些柳絮不知怎的吹上人的雙鬢，使綠紗簾內的紅粉佳人大吃一驚，以為他的鬢毛斑白了。這首即景小詩頗有情趣。

朱慶餘（生卒年代不詳）

越州（今浙江紹興縣）人。寶曆二年（八二六）進士，仕途不得意，曾客遊邊塞。與張籍、賈島等交遊。

宮詞

寂寂花時閉院門，美人相並立瓊軒。
含情欲說宮中事，鸚鵡前頭不敢言。

花時本是百花盛開，春光正好的時候，而用「寂寂」形容，已可見宮人孤寂，院門又緊閉，生活的淒苦就可知了。二句寫兩個宮女並立在裝飾華麗的走廊裏面，似乎將慘淡氣氛沖淡一些。但三四句一轉一結，卻把她們的悲苦生活，形象地活寫出來了，含意極為深刻。在鸚鵡前面都不敢一吐心曲，真令人悲嘆：

人間何世！

閨意獻張水部

洞房昨夜停紅燭，待曉堂前拜舅姑。
妝罷低聲問夫婿，畫眉深淺入時無。

用夫妻愛情關係比喻多種社會關係，是中國古典詩歌常用的表現方法。這首詩就是一例。張水部是水部侍郎（官名）張籍，他以詩知名，又樂意提拔後進。朱慶餘獻此詩給張，問畫眉是否入時，是問自己的詩是否會中張和主考人的意。

洞房是新婚夫婦所住的屋。停紅燭，使紅燭不熄滅，點燃到破曉。舅姑，公婆。漢代有個張敞為妻子畫眉，傳為佳話。

拋開比喻不說，作為「閨意」閱讀，這首詩也是很優美的。

陳去疾（生卒年代不詳）

侯官人，元和十四年（八一九）進士。

西上辭母墳

高蓋山頭日影微，黃昏獨立宿烏稀。
林間滴酒空垂淚，不見丁寧囑早歸。

日光微弱，宿鳥稀疏，黃昏時刻的氣氛十分淒涼，這時辭拜母墳，心情已夠悲傷。滴酒垂淚，母親叮嚀早歸已不可能，悲傷之情就更不難想像了。

崔郊（生卒年代不詳）

只知他是元和年間秀才，從下面一首詩中略知他的生平，因為詩中所寫大概是實際發生過的事。崔郊的姑母有一婢，美姿色，郊愛她，而婢被賣給有權有錢的人家了。以後偶然與婢相遇，贈詩為主人看見，召見郊，使婢與他同歸。

贈婢

公子王孫逐後塵，綠珠垂淚滴羅巾。
侯門一入深如海，從此蕭郎是路人。

首句寫權貴人家的子弟見到美女就要追逐奪去。第二句用了一個典故：晉石崇有個寵妾名綠珠，孫秀仗勢向石崇索要她，石因拒絕而被捕入獄，綠珠墜樓身死。以後綠珠即作有節操的美女代稱。第二句暗示美女被劫的悲痛。侯門指有權有勢的人家，被劫去後很難出來。蕭郎本指梁武帝蕭衍，以後泛指女子所鍾情的男子。三四句實斥責權貴者荒淫殘酷，並不是指責女子忘情。

徐凝（生卒年代不詳）

睦州（今浙江建德）人，元和中官至侍郎，存詩一卷。

憶揚州

蕭娘臉下難勝淚，桃葉眉頭易覺愁。
天下三分明月夜，二分無賴是揚州。

這是憶人詩。南朝以來，詩詞中男子所愛的女子常被稱為蕭娘，女子所愛的男子則被稱為蕭郎。桃葉是晉王獻之的愛妾。這裏蕭娘和桃葉都借指詩人所懷念的女子。首二句描寫她離別時的愁眉淚臉，回憶時更覺得她意重情深，自己的離愁也就意在言外了。懷着這種淒傷離愁，原想看看明月來排除，不意更增加了離愁，便覺得明月「無賴」而可憎；但明月也曾照耀過他們的離別地揚州，「無賴」二字便有了親暱的意味了。

雍裕之（生卒年代不詳）

只知他為貞元（七八五—八零五）以後的詩人，存詩一卷。

江邊柳

裊裊古堤邊，青青一樹煙。
若為絲不斷，留取繫郎船。

第一句寫柳的裊娜姿態，第二句寫柳的蒼翠顏色。三四句因景而生奇想，願柳絲不斷，繫住將要開行的郎船。折柳贈別，是詩中老調，柳絲繫船，卻就是推陳出新的藝術手法了。

杜牧（八零三—八五二）

京兆萬年（今陝西省西安市）人。大和二年（八二八）進士。他為人剛直，憤朝廷荒淫，反藩鎮割據，斥吏帥昏懦，憂邊疆多事。詩與李商隱齊名，世稱「小杜」，以別於杜甫。

贈別（二首錄一）

多情卻似總無情，惟覺樽前笑不成。
蠟燭有心還惜別，替人垂淚到天明。

樽，酒杯。頭兩句的大意是：看來彷彿無情，其實是多情的，因為在離別時面對酒杯，絲毫沒有笑容，惜別情深。三四句寫「蠟燭有心」，「替人」流淚，而人卻並不流淚，表面又似無情，而黯然神傷，含情脈脈，惜別之情就更深了。

有寄

雲闊煙深樹，江澄水浴秋。
美人何處在？明月萬山頭。

頭兩句寫景：天空廣佈雲彩，樹隱在煙靄深處，江水澄清，水上一片秋色。美人指所思念的人，不知在甚麼地方，只有照耀萬山頭的明月清輝可以共賞。第一句的「樹」一作「處」，那就是江水的周圍環境了。

盆池

鑿破蒼苔地，偷他一片天。
白雲生鏡裏，明月落階前。

這首詩淺顯易懂，但很有情趣。他的想法和詩的寫法都妙趣橫生。我家後園雖小，你們也可以仿他的辦法掘一個盆池，把明月白雲收進盆裏。若在池裏養幾尾金魚，種幾株芙蓉，那就更錦上添花了。你們還記得李白的詩句：「清水出芙蓉」嗎？

齊安郡後池絕句

菱透浮萍綠錦池，夏鶯千囀弄薔薇。
盡日無人看微雨，鴛鴦相對浴紅衣。

池塘裏長滿了菱角和浮萍，池塘好像是一片綠錦。池邊種着薔薇，枝上有黃鸝歌唱不休。這是有聲有色的美麗圖景，但總的氣氛是幽靜的。第三句尤其加強了幽靜，天下着微雨，又沒有一個人觀看。我們在北京多次看到過鴛鴦並浮在水面，覺得已經是很夠美觀的了，但還無福見到牠們相對浴紅衣，詩人的描繪引我們進入更美的境界。鴛鴦容易引起恩愛的聯想，在無人而下着微雨的天氣，引起人孤寂之感是很自然的。這裏運用的融情於景的藝術手法很值得品味。

南陵道中

南陵水面漫悠悠，風緊雲輕欲變秋。
正是客心孤迴處，誰家紅袖憑江樓。

南陵，今安徽南陵縣，唐代屬宣州，杜牧曾在宣州做過官。首句寫水靜流長。二句寫風吹浮雲，有點秋涼的意味了。這一輕微變化容易引起旅愁。正在客心感到孤寂邈遠（迥）的時候，卻見到一位婦女（紅袖）扶樓欄遙望。這自然會在旅客心上加愁。這首富有詩情畫意的詩，多次被畫家繪畫，並不是偶然。

山行

遠上寒山石徑斜，白雲生處有人家。
停車坐愛楓林晚，霜葉紅於二月花。

最能表現美麗秋色的，恐怕莫過於楓葉了。詩人先寫斜曲石鋪的小路，再寫白雲生處的人家，一幅清幽的畫面就展現在讀者眼前了。「坐」是因為的意思，愛黃昏時楓林，因而停下車來凝視，見到經霜的楓葉比二月的花朵還要紅艷！我們彷彿聽到詩人驚喜的歡呼。抒情的只有一個「愛」字，愛的深度就用不着其他的文字形容了。

秋夕

銀燭秋光冷畫屏，輕羅小扇撲流螢。
天階夜色涼如水，坐看牽牛織女星。

一說這首詩是王建所作，詩中的字，各本也多不同，「銀燭」或作「紅燭」，「天階」或作「瑤街」或「天街」。這種情形在別人的詩中也是常有的，只是意思不太懸殊，我們採用一個也就可以了。「銀燭」是白色蠟燭，「冷」似以形容「畫屏」較好。「輕羅小扇」自然使人聯想到失寵的妃后，這裏寫的是宮女。「天階」是皇宮內的台階，更肯定了女主人公的身份。「坐看」一作「臥看」，首句寫的是室內，二三句寫的是室外，若女主人公先自室內到室外，再從室外到室內，自然可用「臥」，要不然，就只能用「坐」了。一三句的「冷」「涼」點明淒清的氣氛，「坐」或「臥」兩種動作和注視雙星牛郎織女，引起神話的聯想，女主人公的心情就表達得含蘊而又靈活了。

赤壁

折戟沉沙鐵未銷，自將磨洗認前朝。
東風不與周郎便，銅雀春深鎖二喬。

赤壁是三國時著名戰場，遺址在今湖北省武昌縣西南赤磯山。詩的頭兩句説埋在沙裏折斷的戟鐵尚未銷蝕，自己動手把它磨光一看，認出是前朝（三國時代）的東西。你們讀《三國演義》知道，魏的曹操和吳的周瑜（與漢劉備同盟），在赤壁打仗，周瑜乘東南風將曹操的兵船燒了，曹軍大敗。至於孔明祭東風，雖然寫得神乎其神，那卻只是小說虛構。詩的三四句也是詩人的假設，假如東風不給周瑜方便，春光明媚時，曹操就要把二喬鎖在銅雀臺裏了。大喬和小喬是姐妹兩位美女，大喬嫁了孫策，小喬嫁了周瑜。銅雀臺是曹操建來自己尋歡作樂的，故址在今河北臨漳縣。若是吳周瑜打敗，曹操便要把二喬俘虜去，加入銅雀臺裏舞女歌伎的隊伍裏了。這樣寫，為這首詩增加了微諷幽默的風趣。

過華清宮絕句（三首錄一）

長安回望繡成堆，山頂千門次第開。
一騎紅塵妃子笑，無人知是荔枝來。

這首詩頭兩句寫華清宮所在地驪山景色：從長安回頭一看，驪山是一團錦繡，山頂上許多宮門次第打開。三四句寫的是具體小事，一馬飛馳前來，揚起紅色塵土，引起楊貴妃笑了，只有她知道是荔枝到了。楊貴妃愛吃鮮荔枝，唐玄宗為討她的歡心，特別讓驛站馬匹從四川涪陵（唐時涪州）把荔枝送到長安，途中約飛奔七天。這就深刻地揭露了封建王朝的統治者驕奢淫逸，不顧人民生死的腐朽罪惡生活。

泊秦淮

煙籠寒水月籠沙，夜泊秦淮近酒家。
商女不知亡國恨，隔江猶唱《後庭花》。

秦淮，流經南京的秦淮河。首句寫河，煙靄罩着河面，月光照着沙。二句寫船停泊在河上，靠近酒家。商女，歌女。亡國，陳後主（叔寶）生活荒淫，不理朝政，亡了國。《後庭花》是《玉樹後庭花》曲的簡稱，陳後主作，常奏此曲，與嬪妃宮女飲酒作樂。末句寫秦淮舟中的商女和聽歌的官僚貴族不記隋軍在江北，陳隨即滅亡的往事，還喜唱樂聽那個亡國的靡靡之音。詩既詠史，又有諷刺時事的意思。

題村舍

三樹稚桑春未到，扶床乳女午啼飢。
暗銷澘鑠歸何處？萬指侯家自不知。

首句寫春天未到，三棵小桑樹尚未發芽生葉，是農家青黃不接更為具體的表現。三句問農民血汗所得都無形中銷熔或消損到甚麼地方去了呢？「萬指侯家」，指奴婢眾多的權貴人家，他們當然不知道。實際是說是權貴人家收括的結果。

杜牧是既懂兵法，又很有政治理想的人，從我們所選講的幾首詩可以看出，不能只看到他「十年一覺揚州夢」的一面。

楊憶（生卒年代不詳）

夜宿山寺

危樓高百尺，手可摘星辰。
不敢高聲語，恐驚天上人。

寫山上高樓，從怕驚天上人著筆，是此詩的妙處。

唐温如（生卒年代不詳）

他只存詩一首，不知道他的生活經歷。

題龍陽縣青草湖

西風吹老洞庭波，一夜湘君白髮多。
醉後不知天在水，滿船清夢壓星河。

龍陽縣是今湖南漢壽縣。青草和洞庭二湖相連，前者在南，後者在北。洞庭之名較著，往往為二湖的合稱。這首詩頭兩句都是寫秋景，寫法都很奇特。第一句寫西風把洞庭湖水都吹老了，引人想到李賀的詩句：「天若有情天亦老。」傳說舜的二妃，在舜死於蒼梧之野以後，在湘江溺死，即二句所說之湘君。雖已為神，也是像天一樣，可以變老的，所以淒涼的秋景，也使湘君增添了白髮。三句寫詩人泛舟遊玩醉酒，四句寫酒醉入夢，兩句合起來寫夢中和夢醒時的幻覺和幻境：彷彿滿載着清夢的船是壓在天河的水面上呢。

方干（八零九？—八七三？）

新安（今浙江建德縣）人，徐凝授以詩律，始舉進士第。咸通中不得志，隱居鏡湖以終。

題君山

曾於方外見麻姑，聞說君山自古無。
元是崑崙山頂石，海風吹落洞庭湖。

方外，世外。麻姑，古代仙女。說從仙女聽來這個神話，自然中見奇特。

雍陶（八零五—？）

成都人。大和末年（八三五）中進士。多次越秦嶺，經三峽，漫遊塞北江南，寫旅遊詩不少。詩友中有張籍、王建、賈島。

狀春

含春笑日花心艷，帶雨牽風柳態妖。
珍重兩船堪比處，醉時紅臉舞時腰。

春光一般是不容易形容的，這首詩卻描寫得比較好。首句寫陽光下百花怒放，「含」「笑」把春形象化了，二句寫楊柳在風雨中擺動，彷彿也是春牽帶的結果。三四句把春比作微醉曼舞的女郎就不顯得突然了。

題君山

煙波不動影沉沉，碧色全無翠色深。
疑是水仙梳洗處，一螺青黛鏡中心。

這首詩寫君山在洞庭湖中的倒影。首句寫洞庭湖波平浪靜，君山的影在水中顯得更穩定。二句寫湖水的碧色被君山的翠色遮掩住了。三句聯想到關於舜的二妃的神話傳説：水仙即化為湘水女神的二妃，疑這裏是她們梳洗的地方。末句寫倒影是湖水中心二妃的青色螺髻，就很自然了。

李商隱（八一二？—八五八）

懷州河內（今河南沁陽縣）人。最初受令狐綯賞識，開成二年（八三七）進士。王茂元愛其才，選為婿。由於令狐家黨牛僧孺，而王茂元黨李德裕，是歷史上有名的牛李黨之爭。這樁親事使他在政治上受到影響，很不得意。但是夫婦情篤，見之於詩。他的詩與杜牧、溫庭筠齊名。

樂遊原

向晚意不適，驅車登古原。
夕陽無限好，只是近黃昏。

樂遊原，在長安城南，立在原上，可俯瞰全城內部，是唐時登臨勝地。意不適，心中鬱鬱不樂。古原即樂遊原，頭兩句說傍晚心情不暢快，便坐車到樂遊原去。下兩句寫見到夕陽極為好看，只可惜時近黃昏，好景不久就要消失了。這首詩雖有傷好景不長的情緒，也有愛生活，戀人間的熱情，二者並不矛盾。

夜雨寄北

君問歸期未有期，巴山夜雨漲秋池。
何當共剪西窗燭，卻話巴山夜雨時。

《萬首唐人絕句》題此詩為《夜雨寄內》，別的本子多作《夜雨寄北》。有人認為後題較確，因為此詩作於李妻王氏去世之後。不過從詩所表現的感情看，寄內似較為確切。

巴山泛指蜀地，常常夜雨，寫的是實際情況。已是秋天，池裏都滿了水，旅人易有鄉愁，妻子又來信詢問歸期，而又不知何時才能歸去，鄉愁當然就倍增了。為聊以自慰並安慰親人，只有寄希望於將來了。「何當」是甚麼時候能夠的意思，甚麼時候能夠回到家裏，在西窗剪燭夜談，談談當年巴山夜雨時的思想情緒呢？問歸期而未有期，又把期望寄託在將來，寫詩時寫到巴山夜雨，將來也談巴山夜雨，這就把目前和將來聯繫起來，顯得情緒委婉纏綿，有無窮的意味。

詩人所寫的詩，若與自己的經驗有吻合之處，就會覺得格外親切。抗日戰爭後期，我在四川白沙住了兩年，常常遇到巴山夜雨的情況，奶奶住在安徽故鄉常來信問我歸期，我就把這首詩抄寄給她看，因為這首詩彷彿是替我寫的。

當然，詩人的經驗往往是我們沒有的，但只要詩好，我們不難心領神會。這樣，我們的生活也就會因讀詩而豐富了。好詩能啟發我們發覺生活中的真善美，純化我們的心靈。讀好詩對我們有許多益處。希望你們善於吸收詩的營養，使生活逐漸達到真善美的境界。

憶梅

定定住天涯，依依向物華。
家梅最堪恨，長作去年花。

定定，動不了。首句說住在離家很遠的地方，再也走不動啦。第二句說春天百花盛開，又令人依依難捨。在鄉愁中強自寬慰，感情並不矛盾。從眼前的物華固然可以得到些許安慰，但一憶起故鄉的寒梅，總不待我歸來，徑自開放，待我憶及，已是早已謝去的去年花了，所以堪恨。詩人在外很不得意，所以三四句除加重表現鄉愁外，還隱含着身世之感。

天涯

春日在天涯，天涯日又斜。
鶯啼如有淚，為濕最高花。

春天流落在天涯，又時近黃昏，詩人感到無限淒涼悲苦，「天涯」兩字重用，更增加了憂傷氣氛。三四句自尋慰藉，希望多情的黃鶯，將淚灑在最高枝的花上，既有惜春暮花殘，時光易逝之感，也隱含對自己處境的悲嘆。

端居

遠書歸夢兩悠悠，只有空床敵素秋。
階下青苔與紅樹，雨中寥落月中愁。

這是詩人遠居異鄉，思家懷妻的詩。詩人既接不到家信，也不能在夢中回家一晤，自然感到十分孤寂，只能用空床對付秋肅的侵襲，就是具體的表現。階下青苔和院中紅樹本來可以把秋天點綴得十分美麗，但詩人主觀的情緒既然是孤寂憂傷的，它們在秋雨中或月光下，也就變成寥落和悲愁的了。景隨情變，提高了前兩句的藝術效果。

悼傷後赴東蜀辟至散關遇雪

劍外從軍遠，無家與寄衣。
散關三尺雪，回夢舊鴛機。

這是悼亡的詩。李商隱妻王氏，於宣宗大中五年（八五一）突然病逝，詩人極為悲痛。這年冬天，他「赴東蜀辟」，就是應徵召去東川幕府做事，也就是首句所說的到劍閣之外的地方「從軍」。散關在今陝西寶雞縣西南，到這裏遇雪天寒，而妻亡家中無冬衣寄來。但在夢中卻見到舊時的織布機，妻子彷彿還在機旁呢。喪妻的悲痛，旅途的艱苦，夢中的幻樂，醒後的淒傷，都委婉含蓄地表達得極為深刻。

瑤池

瑤池阿母綺窗開，黃竹歌聲動地哀。
八駿日行三萬里，穆王何事不重來。

古代神話中有個西王母，即阿母，她所住的地方是瑤池。她打開雕花的窗子外望，大概是希望穆王前來。據《穆天子傳》記載，周穆王遇見西王母，在瑤池被設宴招待，相約三年後再來，但他未踐約前來相見。她開窗只聽到《黃竹》哀聲震地。穆王南遊遇大風雪，有人凍死，他作了三首歌哀悼。三四兩句似乎是在西王母心裏引起的疑問：穆王有八匹駿馬（赤驥、盜驪、白義、逾輪、山子、渠黃、驊騮、綠耳），能日行三萬里，原是很容易來的，而竟不來，或許他已經死了吧？西王母是神仙，又很想再見穆王，但並沒有甚麼長生秘訣可以傳授，服藥求仙顯然是荒謬的。《黃竹》哀聲暗示「路有凍死骨」，也是對於封建王朝昏庸統治者的嚴厲譴責。

賈生

宣室求賢訪逐臣，賈生才調更無論。
可憐夜半虛前席，不問蒼生問鬼神。

詩表面寫的是漢文帝的事，實際矛頭是對唐末期幾個皇帝，他們毫不關心人民生活，只知服藥求仙，妄想長生，在世一天，就吸取民脂民膏，盡情享樂。

宣室是西漢未央宮前殿的正室，文帝在這裏召見被貶逐到長沙的賈生，即才華出眾的賈誼。訪逐臣就是向被貶的臣詢問事情。光從這兩句看，文帝似乎真在「求賢」了，賈誼也確是賢才。第三句委婉一轉，「可憐」意為「可惜」；「前席」是從座席上向前移動，表示對談話很感興趣，坐近些以便聽得更清楚，但這動作「虛」，即並無意義，因為文帝並不問「蒼生」（老百姓）如何，而只問鬼問神。詩寫得委婉含蓄，末句諷刺就顯得格外有力。

隋宮

乘興南遊不戒嚴，九重誰省諫書函。
春風舉國裁宮錦，半作障泥半作帆。

隋宮，指隋煬帝楊廣在江都所建的行宮。一云隋堤。楊廣曾三次南遊江都，首句寫他遊興一發就南遊，錯誤地估計國情民心，以為天下太平，民心歸順，所以不加戒備。二句進一步寫他殘暴驕橫，殺了進諫勸阻他南遊的人。九重，帝王所住的地方，指楊廣。第三句春風指春耕大忙季節，而全國剪裁高級錦緞，為甚麼呢？第四句點明是用它們為馬匹做遮塵土的障泥，並為遊船做帆。他南遊水陸並進，聲勢浩大。這首詩對荒淫昏庸的專制帝王揭露得十分深刻。

嫦娥

雲母屏風燭影深，長河漸落曉星沉。
嫦娥應悔偷靈藥，碧海青天夜夜心。

嫦娥又稱姮娥，傳説是后羿之妻，羿從西王母得不死丹，嫦娥偷食後奔入月宮，成為仙子。雲母是一種礦石，成片狀，透明可作屏風。燭影越來越暗越深，表明夜已晚。室外天河下降，黎明時星辰已將消失。居住在碧海青天月宮裏的嫦娥，想來應該後悔偷吃仙藥，夜夜心情淒苦，過寂寞的日子吧。對於這首詩的含意有多種不同的解釋，我們可認為是借想像中的嫦娥寂寞，表現自己生活孤寂之感。

霜月

初聞征雁已無蟬，百尺樓高水接天。
青女素娥俱耐冷，月中霜裏鬥嬋娟。

這首詩寫深秋霜月爭輝的夜景。首句寫最初聽到候鳥大雁遠行的鳴聲，已經沒有蟬聲了，形象地寫深秋景象。第二句寫從百尺高樓上遠望天水相連，一片廣闊的空間。青女是主霜雪的女神，素娥是月裏的嫦娥，她們是霜和月的化身，都是能耐寒的。詩人把讀者引向神仙世界，看她們「鬥嬋娟」，也就是較量姿色誰比誰美。霜月爭輝的夜景，經詩人的魔杖一點化，就把讀者引進仙境一般的奇妙勝地了。

為有

為有雲屏無限嬌，鳳城寒盡怕春宵。
無端嫁得金龜婿，辜負香衾事早朝。

這是一首閨怨詩，以「為有」頭二字標題循慣例，因為有些詩內容較複雜，難以用幾個字作標題，就採用首二字作標題，或徑作「無題」。全詩是說明怨的原因。雲屏就是雲母屏風，代表室內華麗裝飾，無限嬌指室內無限嬌美的女主人。鳳城，京城，指長安。春宵本來是由寒變暖的大好時光，為甚麼「怕」呢？三四句說明了原因。想不到嫁了高官（唐代三品以上官員可以佩戴稱為金龜的金飾的龜袋），要拋開自己去早朝。這同王昌齡的詩句「悔教夫婿覓封侯」的意思相似。

日射

日射紗窗風撼扉，香羅拭手春事違。
迴廊四合掩寂寞，碧鸚鵡對紅薔薇。

這也是一首閨怨詩，但女主人公的情思不用傷怨字眼描寫，只用一二動作和環境景物渲染烘托，別具藝術特色。日光照射紗窗，微風吹動門户。春天已經過去，天氣漸暖，女主人用羅巾擦手，若有所思。四合院裏沒有人影人聲，只有綠色鸚鵡對着紅色薔薇，環境足夠幽靜美麗的了。女主人公不僅無心觀賞，還要更加悲愁，讀者不難想像。

早起

風露澹清晨，簾間獨起人。
鶯花啼又笑，畢竟是誰春。

這首小詩簡單易懂，從「獨」字可以知道所寫的是一個孤獨的女子。大好春朝，鶯啼花笑，都與自己無關，她的心情如何就用不着用其他文字描寫了。

溫庭筠（約八一二—八六六）

太原祁（今山西省祁縣）人。他是沒落貴家子弟，行為放浪。他好譏諷權貴，終身很不得志，工於詞章小賦，與李商隱齊名，人稱「溫李」。

瑤瑟怨

冰簟銀床夢不成，碧天如水夜雲輕。
雁聲遠過瀟湘去，十二樓中月自明。

瑤瑟，飾有美玉的瑟。冰簟，涼席。首句從感覺上寫，身覺席涼，不能入睡，因而做不成夢，思人之情已含蓄表達。二句從視覺寫，看到一片青空上有輕輕浮雲，夜景淒涼，離愁加深。三句從聽覺寫，聯想到傳說鴻雁棲息的瀟湘地帶，也許是懷念的人所在的地方，由近及遠，離愁又進一層。十二玉樓原為傳說中仙人的住所，這裏指女主人公所住的閨閣，這時被月光照耀，美的夜景更進一步加深了離愁別恨。

過分水嶺

溪水無情似有情，入山三日得同行。
嶺頭便是分頭處，惜別潺湲一夜聲。

分水嶺，大概指今陝西略陽縣東南的嶓冢山，是唐代入蜀交通要道。首句說無情的溪水似乎有情，這自然是詩人的想像。第二句說明三天與我同行是有情的明證，自然也只是詩人的設想，有情的倒只是詩人。這種將自己的感情移入其他事物是常有的藝術手法。嶓冢山分開的是漢水和嘉陵江，很長，要走三天。三四句寫到嶺頭是同溪水分手的地方了，詩人當然有惜別之情，但也同前用藝術手法一致，將惜別之情用溪水「潺湲一夜聲」表達，詩意就濃厚多了。

李群玉（八一三?—八六零?）

澧州（今湖南澧縣）人。性情曠達，喜吟詠自遣。早歲舉進士不第，後為官不久又乞假歸。

靜夜相思

山空天籟寂，水榭延輕涼。
浪定一浦月，藕花閒自香。

天籟，自然界的聲音。這首詩只寫幽靜的夜景，引人入勝。但詩人何所思呢，只由讀者自己去體會。

漢陽太白樓

江上層樓翠靄間，滿簾春水滿窗山。
青楓綠草將愁去，遠入吳雲暝不還。

太白樓建在江邊，高聳入雲。從樓簾可以看到春水，從窗可以看到群山。三四句登樓遠眺，愁思隨着青楓綠草遠去，直到長江下游古代吳國的領土。

北亭

斜南飛絲織曉空，疏簾半捲野亭風。
荷花向盡秋光晚，零落殘紅綠沼中。

詩寫晚秋景色，具體生動：早晨天空裏斜飄着微雨，野風吹着半捲的簾。風雨殘荷，如在目前，首句尤佳。向盡，將要落盡。殘紅，落花。

引水行

一條寒玉走秋泉，引出深蘿洞口煙。
十里暗流水不斷，行人頭上過潺湲。

在中國南部山區，有時水源很遠，在飲水和灌溉方面都有困難，居民巧妙地將竹筒打通，用來引水，「寒玉」指的就是這種竹筒。第一句就是說寒冷的泉水在竹筒裏流動。山裏的泉周圍常有藤蘿等植物叢生，泉水湧出時常有煙霧似的水汽。頭兩句將竹筒引泉水的情況用詩的語言美化了。

泉水在竹筒裏流動是看不見的，但可以聽到它的音樂似的潺湲（水流動的聲音）。竹筒長達十里，有時要跨過山谷，人在山谷之間的路上行走，水聲自然就在行人頭上了。

詩人總是十分敏感的，又能用精美的文字，巧妙的藝術手法，將自己的感受表達出來，使讀者分享生活的情趣，進入詩人所創造的優美崇高意境。他們所寫的也許是他們生活環境的片斷，也許是別人不注意的日常事物，也許是一瞬間的印象。他們彷彿有點石成金的魔術，一經他們點化，這些就成為豐富我們生活的珍品了。在唐人絕句中，這樣的好詩不少；但抒寫勞動人民智慧和創造力的並不很多，這首《引水行》就更值得我們注意了。

皮日休（八三四—八八三）

襄陽人。咸通八年（八六七）進士。他曾參加黃巢義軍，巢稱帝，為翰林學士。巢兵敗，被唐王朝所殺。詩多抨擊苛政。

汴河懷古（二首錄一）

盡道隋亡為此河，至今千里賴通波。
若無水殿龍舟事，共禹論功不較多。

汴河即隋煬帝時開鑿的通濟渠，唐時名廣濟渠。一般人説隋開此河亡了國，可是現今因有此河，千里可以通航。若不是隋煬帝建豪華的上有殿堂的龍舟，三次水陸並進遊玩東都，大量耗費民脂民膏，使大量勞動力不能從事生產，他的功勞可以同大禹相比。評人論事頗有新意。

金錢花

陰陽為炭地為爐，鑄出金錢不用模。
莫向人間逞顏色，不知還解濟貧無。

金錢花是一種草本植物，秋開黃色花似錢。詩的頭兩句説，用地作爐，燃燒陰陽二氣，不用鑄錢模型，就可以鑄出錢來。詩人對它提出警告和質問：不要向人間賣弄顏色，顯出驕傲神氣，不知你能解救窮人的貧困嗎？詩以奇特的構思表達關心民間的疾苦。

薔薇

濃似猩猩初染素，輕於燕燕欲臨空。
可憐細麗難禁日，照得深紅作淺紅。

這是一首詠物詩，首句寫薔薇的顏色，二句寫薔薇的姿態。三句寫薔薇經不住日曬，顏色漸漸由深紅變淺了。

趙嘏（生卒年代不詳）

山陽（今江蘇淮安縣）人。會昌四年（八四四）中進士。與杜牧友善。

江樓感舊

獨上江樓思渺然，月光如水水如天。
同來望月人何在？風景依稀似去年。

思渺然，心中如有所失，感到悵惘。二句寫登樓所見景色：月光照着水面，水天一色。三四句才點出思渺然的原因：風景和去年相仿，但去年同來玩賞的人卻不知到甚麼地方去了。詩於淡雅中見懷友深情和人世滄桑之感。

悼亡二首

一

一燭從風到奈何，二年衾枕逐流波。
雖知不得公然淚，時泣闌干淚更多。

二

明月蕭蕭海上風，君歸泉路我飄蓬。
門前雖有如花貌，爭奈如花心不同。

第一首第一句寫妻亡後自己情況，有如風中之燭。二句寫妻亡時間。三四句寫不敢在人前公然流淚，但獨倚闌干，卻就無法控制自己的眼淚了。語淺情深。四句「淚」或作「恨」。

次首第一句寫景，二句寫妻已入土，而自己則漂泊各地。門前雖有如花的女子，可是並不同心，不能安慰自己喪妻的哀痛。

皇甫松（生卒年代不詳）

睦州新安（今浙江淳安縣）人，皇甫湜之子。工詞，絕句多仿民間曲調，十分清新。

採蓮子（二首錄一）

船動湖光灩灩秋，貪看年少信船流。
無端隔水拋蓮子，遙被人知半日羞。

灩灩，波動。秋天湖水因船動而起微波閃光，採蓮少女因貪看採蓮少男，一任船在水上漂流。無端表示並無意識，也就是隨手採下蓮子向男方拋去，想不到遠遠地被人看到了，弄得半天不好意思。少女憨癡之態寫得惟妙惟肖。

陳陶（生卒年代不詳）

劍浦（今福建南平市）人，曾遊學長安，舉進士不第，隱居終。

隴西行（四首錄一）

誓掃匈奴不顧身，五千貂錦喪胡塵。
可憐無定河邊骨，猶是春閨夢裏人。

《隴西行》是樂府《相和歌》瑟調曲，是寫邊疆戰爭生活的。隴西指今甘肅隴山以西地區。貂錦原是漢代羽林軍的貂皮錦衣，這裏指精銳部隊。頭兩句寫誓不顧生死的五千英勇戰士，與胡兵作戰全部犧牲了。無定河在陝西北部，是黃河的支流，因水流甚急，挾沙多，深淺無定，因得此名。後兩句寫征夫已是河邊枯骨，可他的妻子還以為他活着，在夢中夢見他。

對這首詩有不同的理解或感受，我們用不着細談。我只略談自己的看法。一二兩句寫的雖是悲劇事件，給讀者的印象卻是英勇壯烈的。第三四句寫得尤為細緻哀惋，扣人心弦。我們強烈希望少婦在夢中得到安慰，不要幻滅，愛使死者活在活人心中，使悲劇昇華到崇高的境界。全詩從戰爭的輓歌昇華為人生的讚歌了。

劉駕（生卒年代不詳）

江東人。大中六年（八五二）進士。七絕喜用疊字。

曉登成都迎春閣

未櫛憑欄眺錦城，煙籠萬井二江明。
香風滿閣花滿樹，樹樹樹梢啼曉鶯。

未櫛，沒有梳頭。萬井，萬戶。二江，李冰為蜀守時闢二江，一為外江，由灌縣經新繁縣入成都，一為內江，由灌門經郫縣入成都。詩寫在迎春閣看望成都景色：煙靄籠罩着千家萬戶，望着兩條江澄明清澈；處處花香鳥語，風景宜人。

曹鄴（八一六？—八七五？）

桂林陽朔（今廣西陽朔縣）人。大中四年（八五零）進士。絕句質樸，有樂府風。

官倉鼠

官倉老鼠大如斗，見人開倉亦不走。
健兒無糧百姓飢，誰遣朝朝入君口？

斗大的老鼠大吃官倉的糧食，大模大樣地竟不怕人，而士兵缺餉，老百姓餓肚子，豈不是大大的怪現象？當然，這些斗大的老鼠比喻的是那些搜刮民脂民膏、肥私利己的官僚政客。他們一個個肥頭肥腦，正像大如斗的老鼠。是「誰」派他們，允許他們這樣做的呢？只問不答，是詩的含蓄處，讀者自然體會得出：是他們的大小後台以及最高的統治者皇帝。

來鵠（生卒年代不詳）

豫章（今江西南昌市）人。舉進士不第，客死外地。詩多諷刺。

雲

千形萬象竟還空，映水藏山片復重。
無限旱苗枯欲盡，悠悠閒處作奇峰。

這首詩把雲的變化寫得很好，責難無知的雲在天旱時不關心人民的疾苦，詩人對人民疾苦的同情也就意在言外了。

新安官舍閒坐

寂寞空階草亂生，簟涼風動若為情。
不知獨坐閒多少，看得蜘蛛結網成。

詩寫百無聊賴的心情，末句將這種心情具體化了。

高駢（八二一—八八七）

幽州（今北京西南）人。世代為禁軍將領。他曾鎮壓過黃巢起義軍，後割據一方，終為部將所殺。

山亭夏日

綠樹陰濃夏日長，樓臺倒影入池塘。
水晶簾動微風起，滿架薔薇一院香。

從第一句我們想像到樹茂日烈，天氣炎熱。從第二句我們想像到澄清河面並無荷萍，要不然，我們就見不到樓臺倒影，也看不見水面綿起漣漪，好像水晶簾動，因而知道起了微風，從而聞到滿院薔薇香味了。夏日的景色都是形象化的，又有着微妙含蓄的聯繫，是這首詩的藝術特色。詩人不僅使讀者看到夏日的風光畫面，也感到從炎熱漸轉到微涼的舒暢了。

曹松（生卒年代不詳）

舒州（今安徽潛山縣附近）人。他七十多歲始登進士第。詩學賈島。

己亥歲（二首錄一）

澤國江山入戰圖，生民何計樂樵蘇？
憑君莫話封侯事，一將功成萬骨枯。

詩人在題下寫明年代，顯然表明所寫的是特殊事件，這指的是黃巢農民起義（八七四—八八四）。唐王朝派高駢去殘酷鎮壓起義，戰爭蔓延江南澤國，人民多遭殺害，既無法打柴（樵），也無法割草（蘇）。「蘇」有的本子作「漁」，亦可通。所以不必談立軍功做高官的事吧，因為要以成萬枯骨作為代價呀。最後是有名的警句，指高駢這類人而言，不能作為全部反對戰爭的意義來領會。

羅鄴（八一六？—？）

餘杭（今浙江杭州北餘杭縣一帶）人。一説為羅隱之兄，又説為羅隱之弟。羅隱的詩名較大。

雁（二首錄一）

暮天新雁起汀洲，紅蓼花開水國秋。
想得故園今夜月，幾人相憶在江樓。

新雁，指歸雁。汀洲，水中小洲。天晚歸雁從小沙洲起飛。紅蓼，水邊植物，秋天開白中帶紅的花。自己見景聞雁起了鄉思，卻從反面寫家裏人在思念他。

貫休（八三二—九一二）

俗姓姜，婺州蘭溪（今浙江蘭溪）人，七歲出家。記性好，讀經過目不忘。性剛直，不阿諛權貴。晚年蜀王王建禮遇之，終於蜀。

馬上作

柳岸花堤夕照紅，風清襟袖轡璁瓏。
行人莫訝頻回首，家在凝嵐一點中。

首句寫夕陽中跨馬所經過的地方，有花有柳。二句寫清風吹拂，馬韁繩十分乾淨。三四句請行人不要驚訝他頻頻回頭看望，因為他留戀在濃厚的山嵐籠罩中的家。詩既寫了外景，也寫了內心。

招友人宿

銀地無塵金菊開，紫梨紅棗墮莓苔。
一泓秋水一輪月，今夜故人來不來？

銀地，佛家語，指禪院佛殿的地面，地既乾淨，地上還開着菊花。深秋梨棗都已經成熟了，有的還落在苔蘚上面。還有明月照耀着一片清澄的秋水。三句寫秋夜清景，末句表思念深情，而留有友人自選的餘地。

羅隱（八三三—九零九）

餘杭（今杭州北餘杭縣一帶）人。貌醜但聰敏，能詩，多諷刺。

雪

盡道豐年瑞，豐年事若何？
長安有貧者，為瑞不宜多。

這首詩標題為「雪」，而不是描寫雪景，卻是借雪發議論。頭兩句說，一般人都說瑞雪兆豐年，這是有些科學根據的農業生產總結；但是豐年又怎麼樣呢？詩人這一疑問含意十分豐富，因為在他那個時代，苛稅和地租使農民即使在豐年也食難果腹，衣難蔽體，十分貧苦。三句說即使在長安，也有許多貧民，下雪天寒，也會凍餒而死。雪雖然「瑞」，還是別多下吧！末句充滿了憤怒的激情和深刻的諷刺。

金錢花

佔得佳名繞樹芳，依依相伴向秋光。
若教此物堪收貯，應被豪門盡劚將。

金錢花，夏秋開花，色金黃，形圓如銅錢。一二句寫它名美色艷，又有香味，一叢叢相依相偎，對着秋天開放。三四句才是詩的本意：這種花若是能夠收藏的金錢，該被有錢有勢的人家挖掘走了（劚將）。

蜂

不論平地與山尖，無限風光盡被佔。
採得百花成蜜後，為誰辛苦為誰甜。

頭兩句寫蜜蜂在平地和高山上佔領無限風光，彷彿在自己尋樂。三句寫原為採花釀蜜，四句才寫出詩的寓意：蜜蜂辛辛苦苦，甜蜜卻供別人享受。詩寫的是極普通的事物，卻有深刻廣泛的社會意義。

陸龜蒙（?—八八一？）

吳郡（今江蘇蘇州市）人。舉進士不第，乃歸隱。他與皮日休友善，常彼此唱酬。他還寫過不少小品文，魯迅在《小品文的危機》中說他「並沒有忘記天下，正是一塌胡塗的泥塘裏的光彩和鋒鋩。」

吳宮懷古

香徑長洲盡棘叢，奢雲艷雨只悲風。
吳王事事須亡國，未必西施勝六宮。

吳宮指吳王夫差的館娃宮，遺址在蘇州西南靈岩山上，但詩並不以它為重點直寫。詩的性質是詠史，但詩並不是歷史，只能取一二事表示詩人的感受和看法。香徑是採香徑，長洲是長洲苑的省稱，是吳王夫差遊樂狩獵的地方。首句寫這雨處荊棘叢生了。楚襄王與巫山神女夢中相會，一般將「雲雨巫山」作為男女私情的隱語。二句的奢雲艷雨就是寫夫差的奢侈荒淫的生活。現在這雲和雨只剩悲風了。這兩句就是第三句中「事事」形象化的描寫，每一件都可以使夫差先勝越王勾踐，後為勾踐所滅。第四句不空言並非西施使吳滅亡，而只是說未必是西施艷色勝過六宮內的后妃，使得夫差亡國吧。六宮是后妃們所住的地方。

香徑與長洲，奢雲與艷雨，盡棘叢與只悲風，一句與二句對照工整，都是形象化地描寫豪華荒淫生活；結句給讀者思考餘地，不發空泛議論，是值得注意的藝術手法。

白蓮

素葩多蒙別艷欺，此花端合在瑤池。
無情有恨何人覺，月曉風清欲墮時。

葩，古「花」字另一種寫法，素葩，白花，指白蓮。別艷，其他的花，如色艷的紅蓮。瑤池，西王母所住的地方。頭兩句説白蓮色素，為他花所欺，但白蓮品高，王母的瑤池才是適合它生長的地方。白蓮孤高自開，似是「無情」，但又孤零零無人知覺，在月曉風清時謝去，又似乎「有恨」。三四句寫白蓮的孤高品格，能出污泥而不染。這是一首詠物詩，但也有詩人的自況。

新沙

渤澥聲中漲小堤，官家知後海鷗知。
蓬萊有路教人到，亦應年年稅紫芝。

渤澥就是渤海，岸邊的浪潮升退，年久了沖出了小沙堤，在它還未被開墾種植時，官家收稅人卻比海鷗還先知道，認為這是將來可以收稅的地方。這寫法已經很夠新穎。蓬萊是傳説中的仙島，據説生產可使人長生的紫色靈芝，可惜無路可通，要不然，官府也要年年派人來收靈芝稅了！這個奇妙想法使諷刺入木三分，比用實例攻擊要有力得多。這就是詩歌藝術的高妙處。

韋莊（八三六—九一零）

京兆杜陵（今西安市）人。韋應物四世孫。年近六十始中進士。唐亡，王建稱帝，國號蜀，韋莊任宰相。他對唐王朝腐朽衰亡慨嘆，悲恨黃巢起義。他既能寫詩，又善寫詞。

臺城

江雨霏霏江草齊，六朝如夢鳥空啼。
無情最是臺城柳，依舊煙籠十里堤。

臺城，古代建康舊址，在南京玄武湖旁。雨霏霏，下着濛濛細雨。頭兩句寫六朝已如夢消逝，只有禽鳥空鳴，雨淋衰草了。後兩句寫只有臺城遺址上的楊柳，對人世滄桑無動於衷，依舊在輕煙籠罩，生長在十里堤上。這首詩借景抒情，弔古傷今。

稻田

綠波春浪滿前陂，極目連雲穲稏肥。
更被鷺鷥千點雪，破煙來入畫屏飛。

這首描繪稻田的詩，確像一個美麗的畫屏，首句寫稻田裏的水起伏着綠色的微波，極目一看，彷彿與雲相連的稻苗長得十分茁壯。穲稏是稻的別稱。白色如雪的大群鷺鷥從稻田上飛過，你們可以閉目想想這是何等美麗的景色。

丙辰年鄜州遇寒食城外醉吟（五首錄一）

滿街楊柳綠絲煙，畫出清明二月天。
好是隔簾花影動，女郎撩亂送鞦韆。

丙辰年是唐昭宗乾寧三年（八九六）。鄜州，今陝西富縣。頭兩句寫楊柳綠條在風中蕩漾，是清明時節的風景特色。後兩句寫這時節的風俗，即女郎打鞦韆遊戲，三句是在柳條中看到的打鞦韆姿勢。平常的景物和平常的生活繪出一幅富有詩意的圖畫。

司空圖（八三七—九零八）

河中虞縣（今山西虞縣）人。咸通十年（八六九）中進士。家有先世別墅，多過隱逸生活。詩亦寫離亂憂國之思。

河湟有感

一自蕭關起戰塵，河湟隔斷異鄉春。
漢兒盡作胡兒語，卻向城頭罵漢人。

河湟，黃河及湟水，指長期為吐蕃侵佔的河西、隴右地區，八五一年被收復。蕭關在今甘肅固原縣北。詩寫河湟地區久被佔據所造成的情況，只舉一事，可見一斑。

即事（九首錄一）

宿雨川原霽，憑高景物新。
陂痕侵牧馬，雲影帶耕人。

頭兩句寫久雨新晴，在高處看望，景物一新。三四句寫所見具體景物：積水滿陂，波光反映出牧馬；雲後還殘留下耕夫去影，影影綽綽地可以看到。寫得具體逼真，歷歷如在目前。

聶夷中（八三七—八八四？）

河東（今山西永濟縣）人。咸通十二年（八七一）中進士。知農民艱苦和官家敲骨吸髓，對前者同情，對後者痛恨。

田家（二首錄一）

父耕原上田，子劚山下荒。
六月禾未秀，官家已修倉。

首句寫父親在平原上耕田，二句寫兒子在山下開荒。劚就是開掘。父子都辛勤勞動。三四句寫禾苗還未開花，官家已經在修糧倉，準備徵糧入庫了。民貧官貪於此可見。

公子家

種花滿西園，花發青樓道。
花下一禾生，去之為惡草。

頭兩句寫公子舉行宴會的府第，冶遊的青樓道上，都種滿了花。三四句寫花下偶然長出一棵禾苗，公子卻把它當作惡草拔除。詩深刻諷刺富家公子只知花天酒地享受，竟不知甚麼是農作物，當然更不知農民的疾苦了。

起夜半

念遠心如燒，不覺中夜起。
桃花帶露泛，立在月明裏。

這是懷念遠人的詩，首句寫內心如焚，思念情深。二句寫不眠中夜起來。帶露桃花，月光似水，良宵美景，含蓄暗示只徒增感慨。

汪遵（生卒年代不詳）

宣城（今安徽宣城縣）人。咸通七年（八六六）中進士。

西河

花貌年年溺水濱，俗傳河伯娶生人。
自從明宰投巫後，直到如今鬼不神。

西部黃河南北流向一段，古稱西河。今稱山陝界之黃河為西河。詩題「西河」指戰國時鄴地區（今河北臨漳附近）。時有水災，詩中所寫即指此事。首兩句寫每年將美貌少女投到水裏去，民間迷信傳説，河神要娶新人為妻。這樣做，可免除水災。三句的明宰指縣令西門豹，他把騙人的女巫投到河裏，末句寫從那以後，鬼就不顯靈了。西門豹破除了迷信，並興修水利，詩是對他的歌頌。

張喬（生卒年代不詳）

池州（今安徽貴池縣）人。咸通十二年（八七一）中進士。曾隱居九華山。

河湟歸卒

少年隨將討河湟，頭白時清返故鄉。
十萬漢軍零落盡，獨吹邊曲向殘陽。

河是黃河，湟是湟水。湟水源出青海，入甘肅同黃河匯合。「河湟」指湟水流域及兩河匯合的一帶地方。這一帶久被吐蕃侵佔，司空圖寫了一首詩《河湟有感》，已見前。蕭關舊址在今甘肅固原縣北。經過約百年陸續戰爭，這一帶被唐朝收復了。所以這位舊卒，少年應徵，頭白才能返鄉。所謂「時清」，是指戰爭終於結束了。但是十萬漢軍已經死於戰爭，他雖幸存返鄉，也只落得面向殘陽獨吹邊曲。他的飽經滄桑的戍邊生活和目前家破人亡的悲慘處境，淒涼心情，都被含蓄深刻地表現出來了。「時清」自然就意含諷刺了。

黃巢（？——八八四）

曹州冤句（今山東菏澤縣）人。他善擊劍騎射，喜歡任俠，雖舉進士不第，亦喜讀書，並能詩能文。乾符元年（八七四）響應王仙芝起義，王被殺後，巢繼領農民起義，曾攻克長安並稱帝。中和四年（八八四）事敗自刎。

題菊花

颯颯西風滿院栽，蕊寒香冷蝶難來。
他年我若為青帝，報與桃花一處開。

颯颯，風聲。蕊，花心。首兩句寫滿院栽種的菊花被西風吹着，西風颯颯有聲，當然不是微風，所以第二句寫花寒香冷，蝴蝶都不飛來。三四句寫我若做司春的神（青帝），就指示菊花同桃花同在春季開放。因為黃巢是起義農民的領袖，論者以為此詩頭兩句比喻唐末人民疾苦，有如寒風中的菊花，蝴蝶不來，仍有傲寒姿態。三四句比喻我若奪得政權，必使菊桃並開，也就是人人平等。

菊花

待到秋來九月八，我花開後百花殺。
衝天香陣透長安，滿城盡帶黃金甲。

九月九日是有悠久傳統的重陽佳節，為押韻這裏說「九月八」，實指重陽。第二句「我花」二字極為豪邁，「百花殺」為菊花增色。三四句寫菊花開滿長安，香衝雲霄。「黃金甲」用得尤為奇特，以此比喻起義農民的盔甲，是符合黃巢身份的。回觀頭兩句，可以說是表示對起義勝利的信心了。

鄭谷（生卒年代不詳）

袁州宜春（今江西宜春縣）人，光啟三年（八八七）進士。他在唐末雖負盛名，存詩卻無甚佳作。

問題

舉世何人肯自知，須逢精鑒定妍媸。
若教嫫母臨明鏡，也道不勞紅粉施。

詩諷刺無自知之明的人，首兩句說得太明顯，三四句形象化了，增加了風趣。「精鑒」，精美的鏡子，「妍媸」，美醜，全句意思是要照照精美的鏡子，才能分辨美醜。嫫母是黃帝醜而賢的妃子，這裏指一般貌醜婦女，若是她照鏡子看看自己，會說用不着紅粉妝飾，自己就夠美的了。

韓氏（生卒年代不詳）

唐宣宗（八四七——八五九）時宮人。有盧偓在應舉時，於御溝得一紅葉，上有絕句，置書箱中。及出宮人，偓得韓氏。睹紅葉，吁嗟很久，說當時偶題，不想被郎君得到。

題紅葉

流水何太急，深宮盡日閒。
殷勤謝紅葉，好去到人間。

頭兩句以水的流急，襯皇宮深院內宮人生活閒散無聊。後兩句寫在紅葉上殷勤題詩，並請流到人間，懇切地表現了享樂人世生活的希望。

韓偓（八四二—九二三）

京兆萬年（今西安市附近）人。龍紀元年（八八九）中進士。他童年就能寫詩，很被姨夫李商隱賞識。

想得

兩重門裏玉堂前，寒食花枝月午天。
想得那人垂手立，嬌羞不肯上鞦韆。

玉堂，華貴的房屋。月午天，有月的夜半。打鞦韆是唐代婦女常玩的遊戲，詩中常常寫到，韓詩中屢見。

寒食夜

惻惻輕寒剪剪風，杏花飄雪小桃紅。
夜深斜搭鞦韆索，樓閣朦朧細雨中。

惻惻，淒涼。剪剪，風力尖刺皮膚。杏花已殘，桃花還在盛開，是寒食前後風光。三四句寫曾在細雨中打鞦韆的女子情況，隱含對她的情思，因為夜深，鞦韆索雖然空懸，但曾為她的雙手所握。

偶見

鞦韆打困解羅裙，指點醍醐索一尊。
見客入來和笑走，手搓梅子映中門。

醍醐，酥酪上凝聚的油，味極甘美。中門，接近內室的門。這首詩把打罷鞦韆，憨然索食，見客走避的少女形象寫得生動傳神。

新上頭

學梳蟬鬢試新裙，消息佳期在此春。
為愛好多心轉惑，遍將宜稱問旁人。

上頭，古代女子十五歲算成年了，開始用簪束髮，俗稱「上頭」。加簪後就學梳頭，兩鬢好像蟬翼，同時試穿新裙。這是為佳期即結婚時期做準備。聽說結婚即在今春，但是喜愛打扮得更好看，又不知道怎樣才好，逢人便問是否合適（宜稱）。

野塘

侵曉乘涼偶獨來，不因魚躍見萍開。
捲荷忽被微風觸，瀉下清香露一杯。

詩寫夏季破曉所見早景，魚、萍、荷、露都是平常事物，隨手寫來，頗有詩趣。

詠柳

裊雨拖風不自持，遍身無力向人垂。
玉纖折得遙相贈，便似觀音手裏時。

裊雨拖風，在風雨中柔弱搖曳。頭兩句寫柳在風中無力擺動，顯得要人扶持。玉纖，女子的手。觀音是佛教的神，性慈悲，手中常持柳枝。三四句寫如女子折柳相贈，柳就成為聖潔的了。

已涼

碧闌干外繡簾垂，猩色屏風畫折枝。
八尺龍鬚方錦褥，已涼天氣未寒時。

碧闌干，翠綠色的闌干。繡簾，繡花的簾幕。猩色，紅色。畫折枝，畫的是無根的花枝。八尺龍鬚，貴重的用龍鬚草織成的席。末句寫初秋天剛涼的天氣。全詩只寫閨房的陳設和裝飾，既未寫人，也未寫情，而主人公的閨怨卻表達得十分耐人尋味，是這首詩的藝術特別高明之處。

深院

鵝兒唼喋梔黃嘴，鳳子輕盈膩粉腰。
深院下簾人晝寢，紅薔薇架碧芭蕉。

黃嘴（梔子的果實可作黃色染料）的乳鵝在水裏食物發出響聲（唼喋），大蝴蝶（鳳子）輕盈飛舞，擺動濃妝艷抹的腰，兩句都寫深院中的景物。四句也是如此。三句卻寫人在深院，生活悠閒，庭院幽靜，白天也可以安睡。韓偓的詩好寫色彩鮮艷的事物，這首詩可以作為一例，生活情趣倒沒有甚麼特別可取之處，不過工作和學習之餘，心情悠閒也很有益處。

痛憶

信知尤物必牽情，一顧難酬覺命輕。
曾把禪機銷此病，破除才盡又重生。

尤物，絕色的美女。牽情，引人愛。二句言往往一見傾心，不顧性命。禪機指佛教的出世思想，曾用以消除此病，但「野火燒不盡，春風吹又生」。「食色性也」，愛本是人性之常，未可厚非，但要有知識引導，道德規範約制就是了。

自沙縣抵龍溪縣值泉州軍過後村落皆空因有一絕

水自潺湲日自斜，盡無雞犬有鳴鴉。
千村萬落如寒食，不見人煙空見花。

沙縣、龍溪、泉州都在今福建境內。此詩是韓偓在唐亡入閩時途中所寫。泉州軍指割據閩中藩鎮的軍隊。潺湲，水緩流貌。全詩寫兵亂之後，這幾縣各地人煙斷絕，一片荒涼景象。雖只寫景，詩人悲憤的情緒也在言外充份表達出來了。「自」字重用，「有」與「無」對襯使用，「不見」和「空見」並列，這樣寫法大大增加了詩的藝術性和感染力。

杜荀鶴（八四六—九零四）

池州石埭（今安徽石埭縣）人。大順二年（八九一）始登進士第。詩多寫亂離，諷刺暴斂。

再經胡城縣

去歲曾經此縣城，縣民無口不冤聲。
今來縣宰加朱紱，便是生靈血染成。

胡城縣的故址在今阜陽縣西北，離我的家鄉不到三百里，事隔千年，讀起來還令人寒心。詩人說，去年曾從這個縣城經過，聽到老百姓怨聲載道，但不寫具體內容；今年再到這個縣城，縣官卻穿上了朱紱，也就是表示有功的紅色官服。這也許是為老百姓申冤或做好事的結果吧？詩人引弓待發，最後寫出來朱紱原來是生靈的血染成的，是俗語所説的「血染紅纓帽」。諷刺的力量就重如千鈞了。

崔道融（生卒年代不詳）

荊州（今湖北江陵縣）人。早年曾遊陝西、湖北、河南、浙江、福建等地。

西施灘

宰嚭亡吳國，西施陷惡名。
浣紗溪水急，似有不平聲。

西施是春秋時代越國美女，家居浙江諸暨縣南苧羅山，山下浣江中有浣紗石，傳說西施常在石上浣紗，西施灘即指她浣紗的地方。宰嚭（音丕）是吳國的太宰即宰相。吳越交戰，越王勾踐戰敗被圍困，他送財物和美女（中有西施）賄通宰嚭，他勸吳王夫差准許越王求和，越王得以回國。越王臥薪嘗膽，大力備戰，終於滅了吳國。一向多有人將吳滅歸咎於西施。這首詩為西施鳴不平，說明明是宰嚭使吳亡國的，罪名卻誤落在西施身上了。但詩人不直接發議論，而想像浣江春水奔騰急流，似乎在為她鳴不平，這就形象地抒寫了感情，有抒情詩的意味了。這是值得注意的藝術手法。希望你們讀詩時細心一些，多品味，收穫就更大。

牧豎

牧豎持蓑笠，逢人氣傲然。
臥牛吹短笛，耕卻傍溪田。

牧豎，就是牧童，放牛娃。詩沒有甚麼難懂的地方。可惜你們沒有看到的機會。我生長在鄉間，童年常常看見，一般他們喜歡唱民歌。因此我讀這首詩特別覺得親切。

溪上遇雨（二首錄一）

坐看黑雲銜猛雨，噴灑前山此獨晴。
忽驚雲雨在頭上，卻是山前晚照明。

這是一首純粹描寫夏雨的詩，頭兩句寫雲濃雨猛，噴灑前山，把夏雨的聲勢形容盡致。三四句寫忽驚夏雨已經淋在頭上，而前山已經晴了，可見夏雨轉移迅速。讀詩如同身臨其境。

秋霽

雨霽晴空蕩滌清，遠山初出未知名。
夜來江上如鈎月，時有驚魚擲浪聲。

這也是一首寫景的詩。首句寫雨後碧空如洗。次句寫雨後遠山，襯出碧空遼闊。三句寫新月照耀下的江景，進一步寫雨霽。四句寫江水魚動，以聲襯靜，靜越幽深。每句一幅畫景，合成一幅完整的畫圖。

王駕（生卒年代不詳）

河中（今山西永濟縣）人。大順元年（八九零）進士。

晴景

雨前初見花間蕊，雨後兼無葉裏花。
蛺蝶飛來過牆去，卻疑春色在鄰家。

雨前花還未開，雨後花已落盡，春雨使春光失色，詩人惜春之意不言自明。蛺蝶飛來，當然也是同樣掃興，似與詩人同感，詩人轉入想像境界，因而發生奇想，猜疑蛺蝶或者疑心春色轉到鄰家去了。實景與懸想混寫，增加了無限詩趣。

社日

鵝湖山下稻粱肥，豚柵雞棲半掩扉。
桑柘影斜春社散，家家扶得醉人歸。

古時春秋祭祀土神，春季稱春社，秋季稱秋社。這時舉行賽會，並集體歡宴，為祈求和慶賀豐收。鵝湖山在今江西鉛山縣境內，稻粱肥的春社當在仲春，豐收在望的時候。次句寫到豬棚雞舍，可見六畜興旺；各家半掩門户，並不加鎖，可見夜不閉户的昇平景象。三句寫桑柘樹影已斜，天色已經傍晚了，是聚會的人分散的時候了。末句既形象又精練，把春社的歡樂氣氛充份表達出來了。

陳玉蘭（生卒年代不詳）

王駕之妻，吳人。此詩在《全唐詩》中既作王駕詩，題為《古意》，又題《寄夫》，作王駕之妻作。

寄夫

夫戍邊關妾在吳，西風吹妾妾憂夫。
一行書信千行淚，寒到君邊衣到無？

此詩首句寫夫在邊關，妻在吳地，隱含離別之苦。二句寫寒風吹到自己身上，而卻擔憂丈夫身寒，暗示懷念之深。三句以一行書信同千行淚對比，意寓紙短情長，言不盡意。四句寫地遠天寒，怕寒衣不能及時到達，是憂和淚的起因具體化，但憂與淚所包含的感情是很複雜的。

錢翊（生卒年代不詳）

吳興（今浙江湖州市）人。他是錢起的曾孫。乾寧五年（八九八）中進士。

江行無題（百首錄二）

一

兵火有餘燼，貧村才數家。
無人爭曉渡，殘月下寒沙。

二

萬木已清霜，江邊村事忙。
故溪黃稻熟，一夜夢中香。

第一首寫唐末戰爭頻繁，村落荒疏，人煙幾絕的淒涼景象。殘月照寒沙，而過渡的人寥寥無幾，就使淒涼景象更具體化了。

第二首的村事指農事，故溪即故鄉。見景生情，夢中聞到故鄉稻香，思鄉之情親切動人。

未展芭蕉

冷燭無煙綠蠟乾，芳心猶捲怯春寒。
一緘書札藏何事，會被東風暗拆看。

這是一首詠物詩，但抒情意味濃重，想像美妙奇特。首句寫蕉心未展的芭蕉外表，好像古人慣於將書信捲成的筒形。二句的芳心比喻少女的情懷，怯春寒比喻少女的心態。三句寫少女表達情懷的奧秘。四句寫春暖芭蕉展開，少女的芳心也就被春風偷窺了。

孫光憲（九零零？—九六八）

陵州貴平（今四川仁壽縣東北）人。他兼寫詩詞，詞勝於詩。

竹枝詞（二首錄一）

門前春水白蘋花，岸上無人小艇斜。
商女經過江欲暮，散拋殘食飼神鴉。

《竹枝》原是古代巴渝一帶（今重慶地區）流行的民歌，多歌詠民間風俗和男女愛情。孫光憲的詩寫江上黃昏時偶見的風光。商女是商人的女眷。飼神鴉是古代一種民間風俗：江河上航行的人崇祀水神，常有烏鴉在船桅周圍飛繞，舟子認為是神鴉，向空中拋食給牠們接吃。這首詩寫的不是重大題材，但寫了生活的一枝一葉，這樣小小的圖景多了，也就組成多彩的人生大畫面了。

吳融（生卒年代不詳）

越州山陰（今浙江紹興）人，龍紀元年（八八九）中進士。

情

依依脈脈兩如何？細似輕絲渺似波。
月不長圓花易落，一生惆悵為伊多。

首句寫依依難分，脈脈含情的相愛情況，不知怎樣形容。二句是答話：情輕細如絲，渺渺如波，微妙而有魅力。三四句寫情如月易缺，如花易落，往往為伊人惆悵。

張泌（生卒年代不詳）

常州（今江蘇常州市）人。工詞。

寄人

別夢依依到謝家，小廊迴合曲欄斜。
多情只有春庭月，猶為離人照落花。

這首詩是寄贈曾經相愛的人的。古詩常以謝娘稱所愛的女子，謝家即她家。迴合，環繞。頭兩句寫夢中所見謝家院落情況，有舊地依然之意。三四句寫只有明月還照着落花，而所愛的人卻不見蹤影了。全詩含蓄而深刻地表達了詩人曲折深厚的感情。有人說，張泌初與鄰女浣衣相善，經年不復相見，後夢之，寫一絕句，即此詩。

朱絳（生卒年代不詳）

《全唐詩》只錄存其詩一首。

春女怨

獨坐紗窗刺繡遲，紫荊花下囀黃鸝。
欲知無限傷春意，盡在停針不語時。

這首詩的最好處在末句，抓住了一瞬間的情態，傷春少女的形象便活現在我們的眼前了。

處默（生卒年代不詳）

織婦

蓬鬢蓬門積恨多，夜闌燈下不停梭。
成縑猶自賠錢納，未值青樓一曲歌。

蓬鬢是頭髮蓬亂不梳。蓬門是貧窮人家茅屋的門。農婦終夜辛苦織成的細絹（縑），收稅的官吏往往還挑剔，索取小費。可是青樓歌女唱一曲歌，還嫌賞給一匹絹太少呢。一件具體小事狀盡了官僚們的豪奢和農家的疾苦。

太上隱者（生卒年代不詳）

關於這位隱者，《古今詩話》有這樣記載：他來歷不為人所知，有好事人當面打聽他的姓名，他也不答，只寫下了下面一首詩：

答人

偶來松樹下，高枕石頭眠。
山中無曆日，寒盡不知年。

這種出世的思想消極，當然不可取。不過古人在亂世，心懷不滿，又無辦法，為避禍害，隱居山林，是可以理解的。這種人往往潔身自好，心地純淨，能與大自然契合，也常須自食其力，倒也無可厚非。就詩說，樸素自然，毫無矯揉造作地談自己的生活和心情，也耐人尋味。

李九齡（生卒年代不詳）

我們也只知其名，不過他比太上隱者寫詩多，也常出遊，與人間稍多聯繫，還寄詩給友人。

山中寄友人

亂雲堆裏結茅廬，已共紅塵跡漸疏。
莫問野人生計事，窗前流水枕前書。

詩簡單樸素，用不着甚麼解釋。當然，人們生活應當豐富多彩，但絕對不能追求豪奢。懂得生活藝術的人，在平淡生活中也會感到幸福。至於出世的思想不可取，那是不消説的。

良乂（生卒年代不詳）

我們也只知他的名字，別無所知。乂，音義。同李九齡一樣，他同朋友有詩唱和。

答盧鄴

風泉只向夢中聞，身外無餘可寄君。
當戶一輪惟曉月，掛檐數片是秋雲。

夢中聽泉聽風，看到曉月秋雲，當然無法饋贈友人，但對友人的深情厚誼，不是含蓄而充份地表達出來了嗎？

杜秋娘（生卒年代不詳）

杜牧的《杜秋娘詩序》說她是唐金陵人，原為節度使李錡妾，善唱《金縷衣》。因此下面的這首詩，《唐人萬首絕句》中將作者定為李錡，《全唐詩》中定作者為無名氏。關於古詩作者，有時有這種情形。

金縷衣

勸君莫惜金縷衣，勸君惜取少年時。
花開堪折直須折，莫待無花空折枝。

「金縷衣」原為曲調名，這裏也借指華貴的衣服。少年在古詩中多指青年。一二句勸人不要惜愛華貴服裝，而要珍惜青春的時光，不要虛度浪費，這是詩的主要意思。三四句的「花」應當指的是人間一切真善美的事物，要將珍惜的時光用在這些上面，豐富自己的生活，不要無視這些事物，虛度一生。若認為這兩句詩勸人無原則地及時行樂，那就不妥了。當然，正當地行樂，也是無可非議的。

周濆（生卒年代不詳）

逢鄰女

日高鄰女笑相逢，慢束羅裙半露胸。
莫向秋池照綠水，參差羞殺白芙蓉。

日高，太陽已出來很高。慢束羅裙，穿得很不細心。一二句寫與鄰女偶然相逢，相視而笑，顯然並不陌生；她衣裝也很隨便。三四句寫鄰女貌美，最好莫向綠水看望，不然會使白蓮花羞愧死了。這種誇張寫法，很有浪漫主義意味，但很純淨自然。

捧劍僕

姓名不詳。《全唐詩》小傳説，他是咸陽郭氏之僕，喜歡觀察自然現象，雖遭鞭打也不改。留傳的詩只有三首，下面一首就是他能觀察生活中的美，使之成為藝術的美。

詩

青鳥銜葡萄，飛上金井欄。
美人恐驚去，不敢捲簾看。

生活中隨處都有美，希望你們學着觀察、體會、捕捉、描繪。

無名氏

贈婦

吹火朱唇動，添薪玉腕斜。
遙看煙裏面，恰是霧中花。

詩寫的是一位操勞家務的婦女，寫得多麼生動美麗，多麼感情真摯！

無名氏

雜詩

兩心不語暗知情，燈下裁縫月下行。
行到階前知未睡，夜深聞放剪刀聲。

詩寫脈脈含情的一對情人，一在燈下裁縫，一在月下散步，一在室內，一在室外。室外的人夜深還聽到放下剪刀的聲音，知道室內的人還未入睡。雖然「心有靈犀一點通」，卻難通一語。

無名氏

雜詩

近寒食雨草萋萋，着麥苗風柳映堤。
等是有家歸不得，杜鵑休向耳邊啼。

寒食節將近，下着雨，草生長得很茂盛。風吹着麥苗，堤上滿種楊柳。這時節這樣天氣，容易引起思家的念頭。杜鵑，傳說是古代蜀帝杜宇死後魂化的鳥，啼聲極悲，聲似「不如歸去」，這時這種鳥在耳邊啼叫，自然更增加有家難歸的悲感，所以希望牠不再啼了。

無名氏

忽然

忽然頭上片雲飛，不覺舟中雨濕衣。
折得蓮花渾忘卻，空將荷葉蓋頭歸。

這是一首攝取生活片斷而寫成的即事詩，很有風趣。划船遇雨本來是一件掃興的事，詩人魔杖一揮，卻出現了一首好詩，不是像看魔術一樣引人入勝嗎？一年夏季，我在南京玄武湖划船遇雨，折荷葉蓋頭的情形至今記憶猶新，回想起來還有餘味，可惜我沒有魔杖，未能寫詩記載。多談也徒增感慨。把魔術說穿就索然無味了，所以我選講絕句也就到此為止吧！

一九八八年十一月一日

結束語

正輝、正虹、正霞：

我給你們選講的唐人絕句，算是完成了。原先按性質分類，選了幾十首，後按年代排列，又選了約三百首。經一些友人看過，認為不如把兩者合起來好。於是就合成為現在的《唐人絕句啟蒙》。既名「啟蒙」，也應當為你們簡單講講絕句的發展史和格律。

在中國漢魏樂府古詩裏，保存了少數歌謠，五言四句，第二行和第四行押韻，有些題為「古辭」。這種「古絕」，可以說是絕句的源頭。

到了南北朝時期，產生了大量的民歌，都是五言四句。魯迅先生很重視這些民間文學，因為它們「剛健、清新。無名氏文學如《子夜歌》之流，會給文學一種新力量」。《子夜歌》之外，還有《子夜四時歌》等。這些民歌可能經過文人加工，藝術上比較成熟，對於唐代五絕有着明顯的影響，從寫景和抒情方面都可以看出。

這些話，你們聽起來可能有些空洞，我現在舉兩個例子。第一首是《子夜歌》：

恃愛如欲進，含羞未肯前。
口朱發艷歌，玉指弄嬌弦。

第二首是《子夜春歌》：

春風動春心，流目矚山林。
山林多奇采，陽鳥吐清音。

《子夜歌》和《子夜四時歌》屬於南朝，稱為南歌。還有北朝的北歌，數量較少，技術也較差，內容也不相同。

有些文人摹仿，有些文人受影響創新，此後到唐初有不少五言四行詩出現，其中頗有佳作。這些也對絕句發生影響。

齊梁時沈約創平、上、去、入四聲，以後將四聲分為平仄，仄包括上、去、入三聲。這樣就使絕句有固定格式、固定格律的條件了。到唐初，五言絕句已經正式成立，七言絕句則成熟較遲。

下面是五絕的四種格式：

（一）仄起，第一句不用韻：

•仄仄平平仄，平平仄仄平。
•平平平仄仄，•仄仄仄平平。

（二）仄起，第一句即用韻：

•仄仄仄平平，平平仄仄平。
•平平平仄仄，•仄仄仄平平。

（三）平起，第一句不用韻：

•平平平仄仄，•仄仄仄平平。
•仄仄平平仄，平平仄仄平。

（四）平起，第一句即用韻：

平平仄仄平，•仄仄仄平平。
•仄仄平平仄，平平仄仄平。

（字左側加・者，可以變通平仄）

七絕也有四種格式：

（一）仄起，第一句不用韻：

•仄仄•平平平仄仄，•平平•仄仄仄平平。

•平平•仄仄平平仄，•仄仄平平仄仄平。

（二）仄起，第一句即用韻：

•仄仄平平仄仄平，•平平•仄仄仄平平。

•平平•仄仄平平仄，•仄仄平平仄仄平。

（三）平起，第一句不用韻：

•平平•仄仄平平仄，•仄仄平平仄仄平。

•仄仄•平平平仄仄，•平平•仄仄仄平平。

（四）平起，第一句即用韻：

•平平仄仄仄平平，•仄仄•平平仄仄平。

•仄仄•平平平仄仄，•平平•仄仄仄平平。

（字左側有・者，可以變通平仄）

這種五言、七言絕句講究格律，所以常被稱為律絕。有時還被稱為小律詩。律絕可以說是律詩的一部份；或為上四句，或為中四句，或為下四句，或為首尾各兩句。八句律詩的平仄格式，就是兩首律絕格式的合成。

對於律詩，我們不必細說了。只略說一下，律絕對聲律的要求不如律詩嚴格，例如我們讀過的李紳的《憫農》，「春種一粒粟」就連用了四個仄聲字，「誰知盤中餐」就五個字都是平聲。這類絕句被稱為「古絕」。還有律絕一般用平聲韻，但五絕比七絕更多用仄聲韻，例如我們講讀過的孟浩然的《春曉》，也就是古絕了。

記得你們偶然見到甚麼美好的事物，心裏有了甚麼美好的感情，還常寫四句五言或七言的詩給我看看，有的寫得蠻好嘛！寫詩先要注意內容，要注意真實的感情，先可不必太嚴格管上言格式，連概括這些格式的「一三五不論，二四六分明（五絕為一三不論，二四分明）」，也不必死死遵守。把這些美其名曰古絕也無妨。

關於押韻，我也簡單說明一下。每個漢字的聲音都有兩個部份：發音不相同的開頭部份，稱為「聲母」；發音相同或相近的收音部份，稱為「韻母」。韻母的主要部份（稱為「韻腹」）只要相同或相近，就可以押韻。聲母相同或不相同與押韻沒有關係。我來舉一首講讀過的李白《靜夜思》，你們就可以更容易明白了：

床前明月光，疑是地上霜。
舉頭望明月，低頭思故鄉。

這首詩押韻的有三個字：光（guang）、霜（shuang）、鄉（xiang）。你們看，這三個字的主要元音都是 a（韻腹），guang 的 a 前是 u（稱為韻頭），a 後是 ng（稱為韻尾）；shuang 的韻頭也是 u，韻尾也是 ng；xiang 的韻頭是 i，韻尾又是 ng；讀起來聲音十分和諧悦耳。三個字的聲母（g, sh, x）就不相同了。

近代和一些現代寫舊詩的人，一般押韻使用後已散失的《平水韻》作藍本而編的《佩文詩韻》，但古今有些字的讀音已不同，舊韻書也十分煩瑣，你們如不專門研究中國古典文學，先不必費時間深究。民間文學的十三轍，晚出的近於它的談詩韻的書，如《詩韻新編》《韻轍常識》，偶一查查也就可以了。以上二書都以普通話的發音為準，劃分的韻目只有十幾個，簡便適用。

正輝曾把魯迅先生的兩句詩寫了作為座右銘：「橫眉冷對千夫指，俯首甘為孺子牛。」希望好詩能培養你們對世間假醜惡的一切「橫眉冷對」，對世間真善美的一切「俯首為牛」！

請你們接受我的愛和祝福！

吳廷邁和陳秉立兩位為本書付出了大量勞動，我們表示衷心感謝！

一九九零年元旦修改

天地博雅文叢

經典常談　朱自清 著
新編《千家詩》　田奕 編
邊城　沈從文 著
孔子的故事　李長之 著
啓功談金石書畫　啓功 著　趙仁珪 編
沈尹默談書法　沈尹默 著
詞學十講　龍榆生 著
詩詞格律概要　王力 著
唐宋詞欣賞　夏承燾 著
古代漢語常識　王力 著
梁思成建築隨筆　梁思成 著　林洙 編
簡易哲學綱要　蔡元培 著
唐宋詞啟蒙　李霽野 著
唐人絕句啟蒙　李霽野 著
唐詩縱橫談　周勛初 著
佛教基本知識　周叔迦 著
佛教常識答問　趙樸初 著
漢化佛教與佛寺　白化文 著
沈從文散文選　沈從文 著

書　　名　唐人絕句啟蒙
作　　者　李霽野
編輯委員會　梅　子　曾協泰　孫立川
陳儉雯　林苑鶯
責任編輯　甘玉貞
美術編輯　郭志民
出　　版　天地圖書有限公司
香港皇后大道東109-115號
智群商業中心15字樓（總寫字樓）
電話：2528 3671　傳真：2865 2609
香港灣仔莊士敦道30號地庫／1樓（門市部）
電話：2865 0708　傳真：2861 1541
印　　刷　美雅印刷製本有限公司
香港九龍官塘榮業街 6 號海濱工業大廈4字樓A室
電話：2342 0109　傳真：2790 3614
發　　行　香港聯合書刊物流有限公司
香港新界大埔汀麗路36號中華商務印刷大廈3字樓
電話：2150 2100　傳真：2407 3062
出版日期　2019年12月／初版

ISBN ： 978-988-8547-73-9